AQUARIUS

AQUARIUS

AQUARIUS

AQUARIUS

每個人心中都有一座島嶼，
藉文字呼息而靜謐，
Island，我們心靈的岸。

追尋電車男孩的光
蕭裕奇◎文字・攝影

【推薦序】

孩子的祝福

黃哲斌（文字工作者）

大約兩年前，我收到一則臉書訊息，是《背包客棧》站長小眼睛介紹的朋友。這位朋友提到，他的孩子被評估為高功能自閉症，心裡有點慌亂；當他得知，我剛上小學的大兒子也有輕微自閉症，因此寫信希望交流心得。

他的口氣誠摯而略帶焦慮，讓我想起，我剛得知小孩發展遲緩那一刻。於是，我與他在網路上交換一些經驗，包括早療建議與父母心境。

或許你猜到了，這位網友就是蕭裕奇，他口中的孩子，就是洋洋。

截至目前，我們都沒見過面，然而兩年來，我透過臉書，默默看著洋洋的成長，看著他們親子間的彷徨、衝突，以及真切紮實的快樂，彷彿看見另一個平行時空裡，我帶著我家「大寶兄」，經歷那段人生起步的顛簸曲折。

例如，當書中提及，洋洋有次在公車上發脾氣，難以安撫，讓他們夫妻尷尬為難；我不由得記起，「大寶兄」未及三歲時，全家南下墾丁旅行，因而第一次帶他搭高鐵到左營。去程他一路昏睡，回程之際，當高鐵關門啓動，特殊音頻讓他焦躁不安，進而開始尖叫，是那種金屬劃破玻璃的刺耳聲響，無論如何不肯安靜下來。

為了避免打擾其他旅客，我只得抱著他，站在兩節列車之間的連結通道上，陪他看著車外疾馳的風景，說也奇怪，他唯有如此才能平復情緒。於是，我扛抱十幾公斤的他，從高雄搖搖晃晃站回台北。

當時，「自閉症」或「特殊教育」等名詞，尚未進入我們夫妻的生活，我只覺得「大寶兄」敏感脆弱，情緒不穩定。上了幼稚園，發現他的特殊，於是在他讀小學之前，我們共同經歷了無數細微而艱難的時刻。

就像洋洋，這樣的孩子需要更多理解、體諒、陪伴、溝通，父母是最重要、最關鍵的支撐力量。在這本書裡，我讀見蕭裕奇誠實的自剖與自省，我們都是有缺點的父母，然而，孩子讓我們面對自己的軟弱，讓我們比昨日更堅強。

「大寶兄」目前九歲，如今，他不再懼怕高鐵，他喜歡旅行，酷愛各種交通工具，就像大多數小孩一樣。此外，他善於模仿高鐵、捷運、火車的各種聲響，包括起步的關門警告音，而且惟妙惟肖。

對我而言，這是孩子最好的祝福。當許多父母焦慮著「不要輸在起跑點」，「大寶兄」教了我重要一課：忘記那條不存在的「起跑線」，轉而欣賞孩子的細微優點，今天學會自己讀故事、明天懂得自己收書包，後天開始獨自走進學校，開始學著哄弟弟睡覺，開始精準描述內心的喜悅與猶豫。

因為得來不易，這一切，都是驚喜的禮物，也是獨特的足跡。而這本書，讓我重新看見自己，看見孩子獨特的祝福，以及他帶來的神祕禮物。

目錄

心之卷

大手牽小手，心的旅行

愛之卷

你教我的旅行意義

未來之卷

用所愛的人的角度看世界，

序曲

光與永恆的軌跡

✦

從單身的時候，因為寂寞與孤獨，我開始用旅行和攝影在追尋捕捉著那些生命中短暫的光，彷彿透過旅行與攝影，可以將那些身體內的殘缺與蝕洞，一點點地填滿，漸漸地，寂寞與孤獨成了身體的一部分，很重要的一部分。

我並沒有真正地想過旅行和攝影可以帶給我什麼？也沒有想過可以成為旅行或攝影的專家，只是喜歡享受那種做這件事當下的感受，就持續地一直做下去。有時，看著自己拍的旅行過程的照片，會想著，當我拿起相機拍下了眼前的這一切，對我來說，到底算是什麼呢？旅程結束後，這些照片可以隱含的意義又是什麼？我始終只是拍著風景照，我害怕與人接觸，在我的照片裡，沒有人的風景，也沒有我的存在，從我的照片裡看到我與人的距離總是疏離的。

但是如果沒有拍照，我不會發現這些事情，也學不會一些事情，即使我只拍風景照，我仍覺得是我跨出與世界溝通的一種方式。

日本知名的攝影師佐內在《日本寫真50年》裡提到一段關於攝影的話：

如果我不拍照的話，是不會知道這回事的，我們有空間，有時間，也有自我，卻不曾意識到這些東西的存在，我發現沒有一件事是隱藏祕密，當我踏入那個地帶，漸漸明白有一些閃閃發光的東西就在我的眼前。

我看到這段話，就像在講自己在旅行與攝影時，心中浮現的那些閃閃發光；我也一直以為那些光就是可以啓發自己、看見自我的光，總覺得可以一直這麼追尋下去。

但生命的轉彎和際遇總是超過我們的計畫，把我們拋在腦後，我在旅途中與另一半相遇，走入了另一個人生階段，在兩人世界相處的短暫時光裡，我仍嘗試著用旅行與攝影，捕捉著彼此的光，直到我們的孩子洋洋出現在這個世界上，一切開始有了改變。

那個害怕人群、與人始終有著距離感的我，卻因為這個與自己的生命有著獨一無二奇特連接的孩子，而開始將相機畫面轉向了生命的個體，那些光不再只有風景，而有了完整的生命形體出現了。

我開始追尋著他的光，追尋他的眼光；那個我孤獨旅行中曾經捕捉的光，似乎正在慢慢改變著，它與我的孩子之間疊合在一起，成了一座無法言喻的海市蜃樓，我原本以為的世界正在崩解，一個我全然不了解的城市正在建立。

三歲那一年，我不太會說話的孩子，被判斷有語言發展遲緩的問題，同時也有自閉症特質。在他的眼裡，所有的交通工具都無比巨大，他熱愛各種車子，公車、捷運、電車、火車，這些就是他的世界。為了它們，他不會輕易與我們妥協。那些我自以為是銅牆鐵壁的規則還有旅行的意義，全都被這個孩子輕易地打碎，然而我不再逃避，也不再虛張聲勢，慢慢拾起那些碎片，重新拼湊找尋那個我不知道也沒看過的拼圖。

我知道，我的相機從此將一直跟隨這個電車男孩的光了，他將引領著我們前往我們從未打開過的世界，我追著他的背影，一路往電車的方向奔去，那是一部銀河鐵道列車，我不知道我們可通往哪裡？我不知道我們的目的地為何處？但我知道那裡有宇宙最閃亮的一道光。

這本書，正是我們追尋著那道光所遺留下來的軌跡，那是屬於我們仨的故事。

光之卷

1×2×3，生命旅程的蛻變

享受吧，一個人的旅行

在未開始獨自旅行之前，其實我從未真正地認識過自己，因為旅行更認識了自己之後，那些尚未開啟的鑰匙孔才慢慢地在霧裡一一浮現。

兩個和尚的故事很多人都聽過：

富和尚準備了半輩子，卻一直遲遲無法動身去南海取經；窮和尚只有一個飯缽，卻有堅定的目標和行動力，走了一年，就到南海取經了，還為富和尚帶回了佛經。

我想起了自己開始一個人旅行的事情，也和這個故事一樣。

十多年前，我還沒開始自助旅行的時候，對於自助旅行嚮往卻一直無法踏出那一步，總覺得自己的金錢不夠，語文能力不好，應變能力不夠好，總想等自己都準備好了再出發，害怕自己因為旅行蹉跎了年輕工作的時光，沒有那麼多假可以去旅行，都成了那時逃避自助旅行的藉口。

直到一次，突然沒了工作，朋友問我要不要去法國自助旅行，因為沒有了工作又有旅伴，不用擔心太多事，但是去歐洲旅行的花費比較高，考慮了好久，後來終於還是狠下心來，答應了朋友。不料出發前，朋友因為事故受傷，突然無法去旅行，當他跟我說這件事時，我真是心亂如麻。

怎麼辦？剩下我一個人了，到底還要不要去？簽證、機票、旅館都已經訂好了，我從沒一個人自助旅行過，好多好多的擔心一直湧上心頭，懦弱天使與勇氣天使在我的腦中拔河。

後來，勇氣天使贏了，我拋開了一切心一橫，自己一個人踏上了旅途，去了十多天的巴黎，那是我第一次自助旅行，也是永難忘懷的回憶，到現在過了十多年，在巴黎街頭及美術館晃蕩的那些畫面彷彿都像是昨日才去一樣。

從此，自助旅行成了我人生中不斷去追尋也不斷給我們力量的來源。

後來，我曾經多次一個人踏上自助旅行之路，那種孤獨的旅行氣息彷彿會上癮一般。當我們一個人把自己丟在異鄉，流失在陌生的語言裡，身邊沒有其他和自己說話的人，一個人漫步，一個人吃飯，一個人流動，一個人凝視著旅行的城市，彷彿就像是在做一場孤獨的修行一樣。

然後你才會發現，自己的內在與感官，都將因為這些孤獨與寂寞，完全的釋放與放大，你可以看見聽到聞到過去自己忽視或是遺忘的事物。從此，享受一個人的旅行，變成了一種非做不可，不做好像就會失去自我的一件事。

於是，我開始拒絕別人的旅行邀約，只為了能自己再踏上一次又一次的單人旅行，只為了迷戀那些孤獨的空白時光，只為了那一段段我們獨自凝視城市，也讓城市凝視著我們的瞬間；我們像是修道人一樣，走向旅程，也走向自己的內在。

這是一個人旅行的微小與巨大，散發著獨一無二的光，讓我們在鎖霧中，知道從哪裡來，又該往哪裡去。

聽風之歌

學會了一個人旅行之後，我漸漸習慣自己去做許多事，曾經有過幾次伴侶，但最後漸漸覺得一個人這樣過一輩子，用旅行、攝影、閱讀、寫作等自我的方式來豐富自己的生命與生活，其實似乎已經足夠。然而，生命的旅程總是會突如其來地轉彎，奇妙的緣分有時會在門後悄悄地來到。

人與人之間的相遇就像是一條條的細流，在不經意處接觸到對方一樣；能否融合在一起奔向遼闊大海？或僅是短暫地相遇又各奔東西？我們愈是長大，愈是到人生不同的旅程，愈能體會到這種生命不可承受之輕與重。

緣分是在自己深愛的台東土地上發生的，我還在台東念研究所，琪則是來台東旅行一個月。

琪是我研究所同學的朋友，我因為帶研究所同學去「最美的車站」多良玩，邂逅了她，海潮聲與神祕的車站傳說成了我們相遇的印記，原本距離遙遠不可能認識的生命遇到了彼此，這是我們在生命旅程中的奇妙緣分。

結束了短暫的台東相遇後，我回台北工作，她回南投工作，我們都在猶豫這份緣分是否可以繼續維持下去，但我們繼續堅持著，也做到了。

很快地，我們就決定攜手共度一生，決定的幾個月後，我們不斷在忙碌著婚禮的各項事務，像是在拼湊著那幅人人都期待你完成的圖畫一般，一筆一畫地著墨著，很多事我們都覺得太形式化了，但如今想來，這些種種的過程都已經過去，雖然不知道在別人的眼中這個過程是什麼模樣，但是那終究只是個象徵的大門而

已，當我們在眾人的祝福下走進了那扇大門，似乎才真正開始了這一段人生分水嶺的旅程了，那就只剩我們倆了。

一直以來，從交往到結婚，我和琪其實都始終過著分隔兩地的生活，每隔兩週的約會，總是覺得太短。到了結婚之後，更是覺得辛苦，不論是琪來台北或是我去南投，總讓人心中有著些許的無奈與更多的期望。身邊的朋友知道我們是假日夫妻，無不為我投以同情的眼光，更有朋友問我：相隔這麼遠，為何還有勇氣結婚，面對婚後無法在一起的生活？這一切我們都了然於心，只因我們因為巧妙的緣分而相遇，我們心中也始終相信終究會因為上天的眷顧，讓我們可以真正地在一起生活。

分隔兩地兩年後，幸運地有老天爺眷顧著，我們終於在一起生活了。有了一個幸福的小窩，開始有著一種溫暖的安心感，看著這間我們自己布置完成的小地方，總覺得一切是值得的。看著微風徐徐地吹著客廳窗邊的薄紗，似乎就像我們為自己的房子取的名字「聽風之歌」一般，每當回到家裡，總像是聽到美妙的歌聲，心情總是充滿著愉悅和舒坦，我們也終於了解一個自己的家為什麼那麼重要。不管是怎麼樣的家，或許那種精神上的寄託與歸宿，甚至超越了物質的本身了。

1×2×3

到了某一個時分，赫然會有一種「人生一直來一直來」的感覺，你會發現許多際遇是無法預料的，當它要來的時候，它就這麼來了。

才踏入人生新的分水嶺——婚姻之路兩年後，原本計畫中，不那麼快進到的下一個階段，卻在計畫外悄悄地來了。那年夏天，當老婆和我說她可能懷孕的時候，我的心情是極其複雜的，因為我其實一直並沒有很喜歡小孩子，老婆也知道；之前，我還曾經和她提過是否要小孩這件事。但老婆是很愛小孩的，看著她興奮地說著自己懷孕的事，開始猜想：自己的孩子是男生還是女生呢？而我卻還不知道焦距該如何調整？

可當生命真實出現時，一切對自我的疑慮和自私只能先擺到一旁了，看著老婆肚子裡的小生命日益成長，心中有種說不出的奇妙感覺。我常看著老婆肚皮上有東西在滑來滑去，那更是過去從未有過的經驗，我們常常在猜那是小朋友的哪一部位，甚至會在肚皮上和他玩起來。摸著肚皮，可以感覺到小生命在活躍著，我們對著這還未見到這個世界的小生命講話聊天，有時他很沉默，有時他很興奮，那種彼此之間無形的溝通與對話，真是無法用言語形容。我更真實地感受到宇宙萬物的生命奧妙。

隨著日子一天一天過去，小生命誕生的日子也即將來到，心中的感覺五味雜陳。朋友總喜歡問我說：是緊張還是興奮？老實說，緊張確實要多上許多。對於從沒照顧過小孩的我們來說，當然一切都是陌生的，一個和自己有血緣關係的生命誕生，這種親人的連接是過去沒有的。我們也會擔心小朋友會不會太皮，很難捉摸不好帶。另外，多了一個小生命，對於以後的生活將會大大地改變，我們不再能隨心所欲地玩樂與旅行，必須要花絕大多數的時間來照顧他，生活重心也許都將變成以他為主。這一切一切，都將帶來巨大的改變。

從本來並不希望有小孩，只覺得隨緣就好，到後來小生命在老婆的身體裡日漸成長，親身地體會到生命的奧妙，感受到生命的延續。看見流著自己和心愛的另一半血液的小生命活在這個世界上，說實在的，的確是種天地間最奇妙最真實的緣分與感情。未來小生命出現，對我們來說，又是另一段生命旅程的開始，有我有你，更多了一個他。不管如何，我們都在浩瀚的宇宙中相遇了。

走在人生的沙灘上，當我們看著潮起潮落，有美麗的夕陽，也有狂風暴雨的時分，走過的足跡縱然會消失，但是卻可能包含了更深層的意義。過去，常常我們會想刻意地追求不同的事物；年輕時，總會想那一個個人生的階段何時會來到，何時會達成。一直到現在，我們才真正了解，你不會知道人生的風景何時會來到，你渴望的時分或許不會依照你的想望出現，不過有一天，當它們一直來的同時，我們會像是慢慢地在喝一碗熬很久的高湯，一開始只能聞到它的香味，品嘗第一口，還無法了解它到底蘊含了多少味道，但是在齒頰間慢慢地品味時，我們終究會體會出那許多箇中滋味了。

願我們一家人能平安幸福地在這片沙灘上不斷地走下去，不論是晴天、雨天或是跌倒、爭吵或有多少風雨，始終都能一起看著日出、晚霞、星空。

孩子讓我們看見自己的脆弱

洋洋三歲以前是給保母帶的，其實一直不太會說話，語言的學習很慢。我們在他兩歲多的時候就已經發現了這件事，但因為洋洋是第一個孩子，我們也沒經驗，只是看到保母帶的另一個孩子比洋洋小快一歲，語言能力卻已經快要比洋洋好，而且洋洋與他的互動一直都不多，令我們很擔憂。保母一直跟我們說大雞晚啼，叫我們別擔心，可是每當看到洋洋和那個弟弟互動很少，有時甚至還在學弟弟說話，還是讓我們放不下心。

雖然有人建議我們不用那麼早送孩子去幼稚園，不過看到洋洋說話一直進步得很慢，我們只能冀望他進入團體中之後，可以開始進步。

於是，在洋洋快滿三歲時，我們讓他去上幼稚園，希望換了群體生活之後，洋洋的語言和社交的發展可以有所進展。

結果去了幼稚園之後，這些問題反而更被凸顯出來。

一開始，我們並沒有發現什麼大問題，只是在放學去接洋洋的時候，發現他的語言學習比起同年齡的小孩，有一些落差，而且他不太跟別的同學玩。老師和我們說，他在班上和同學也沒什麼互動，總是在旁邊玩自己的，有時還會在旁邊製造噪音，無法和同學一起融入學習。

大概過了兩個月，終於有另一個幼稚園老師忍不住也跟我們談起洋洋在學校的情形，她覺得洋洋有點特殊，不太和別人互動、說話，都只在自己的世界裡，問我們：

「要不要去檢查看看？」

我和老婆其實一直知道，卻也在抗拒這個事實。我們疑惑著，且不斷地自問：他的這些問題到底需不需要去看看？還是只能相信一切長大就會慢慢好轉的道理呢？最後，終於因為老師再次地提醒與建議，打破了我們的自尊，我們去了醫院看醫生，我知道老婆的內心一定在祈禱——去看了醫生之後，如果沒問題就不用那麼擔心了。

沒想到光是排早療門診，就必須再等上一段時間的煎熬。終於，我們排到了初診，醫生說，洋洋除了語言，似乎還有其他方面的發展遲緩，需要經由更專業的檢查與評估。

聽完之後，我們真的好像青天霹靂一樣！洋洋的媽媽離開醫院後就哭了起來。

接下來一兩天，我們的心情既複雜又低落，原本我們心中的疑慮整個被放大，開始為洋洋的某些行為感到憂心，如偏執、眼神與他人無交集、和其他同學無互動……等，這些行為真的是因為他是特殊的孩子嗎？那幾天，我們胡思亂想了一堆。由於評估門診和檢查都不好掛，必須再等幾個月，我開始去借各種相關書籍，也和一些朋友聊天，希望能先找到一些方法。

等待評估的那段日子，我們以往正常快樂的小家庭生活起了一絲漣漪，看起來都和平常一樣，但我們都知道有些事情已經不同了。我們有些無助，但也必須面對，看到洋洋還是和平常一樣開心地大笑，可我們的心情卻隨著他的笑容沉重起來。

後來，接連幾天煩悶的心情，因為去永樂市場挑了一些布料，得到了一些紓解。看到市場裡各種琳琅滿目的布料，我們不知道會有誰喜歡上哪一塊布料，也不知道這些布料後來會變成什麼成果；就像是每個生命一樣，都有著截然不同的天資與色彩，即使沒有別人那樣色彩繽紛，但總會有人欣賞你，並將你變成獨一無二的作品。面對每個生命，他們也都是獨一無二的，不是嗎？

我對老婆說：「你看，我們買的這些花色每個都不同，就好像每個不同的孩子一樣，有的人天生好看，顏色繽紛，有的人雖然色彩單調，但是卻也可能因為後天的製作，變成美麗的衣服。」

老婆點了點頭。

「所以我們不用那麼擔心洋洋，我相信他雖然跑得慢，一定也有別人沒有的天分的。」

學畫畫的老婆說：「嗯，說不定他很有畫畫天分，我可以教他畫畫。」

「對呀，搞不好你們母子倆還可以一起創作繪本呢！我想回鄉下開書店，他說不定也可以跟我一起經營呢！」

我和老婆天南地北地說著洋洋可以做的事，心情也突然豁然開朗起來。這種有困難時與家人共同扶持、彼此陪伴的感覺，令人溫暖，也讓我覺得與身邊家人相處的每一個時光都更值得珍惜。

等待評估和診斷的時間有些漫長，自己借了不少關於語言治療與自閉症相關的書回來看，讓我對洋洋的狀況似乎更多了一些了解，也讓我更確信，洋洋的問題不嚴重，只是需要比別人更多的時間罷了，還有父母的態度更重要。

我記得去書店找書時，特教書籍的旁邊，放的全都是「如何教你的孩子變成天才」這一類的書，而且數量比特教的書還要多，讓人覺得非常諷刺，當我們的孩子健康時，卻有更多的父母對自己的孩子有更多的要求與奢求，那些真的是最重要的嗎？而如今我們希望的只要孩子能健康平安，其他的真的都不重要了。

以前曾聽別人說過，大人可以從孩子身上學到更多的事物，現在我真的能體會這句話的道理。每個生命的複雜和未知，永遠是我們無法預期的，敞開心胸，我們永遠可以學到更多。

等待，一百公分以下的幸福

我們喜歡帶著洋洋出去騎車的感覺。

洋洋語言學習緩慢，卻很喜歡騎車。雖然說的話和句子不夠清楚，但他很喜歡唱歌，騎車時總是一邊哼著歌，一邊認著路邊各種廠牌的車子（他對認各種不同的車子很厲害）。

家附近就有很舒服的河堤步道，沿路都是櫻花樹，洋洋在步道上輕鬆自在地騎車，一旁是清澈的小溪，一路上有著許多花花草草，我喜歡這樣的生活吉光片羽。看著洋洋的三輪車好像太小了，似乎也該換一輛比較大的了，而歲月與時間也像跟著車輪的轉動，快速地奔馳著。

上幼稚園兩個多月後，去接洋洋時，發現他慢慢有點進步。以前我觀察他幾乎不太與其他小朋友有互動，即使其他小孩來找他，他也是做自己的事而已，最近卻發現他已經會想知道或觀察其他小朋友在做什麼。但最大的問題還是，因為和同齡或比他還小的孩子都有著語言的落差，以至於即使洋洋有點想參與，但無法理解別人在說的話，最後還是只能自己玩，不過，至少他的行為有點進步了。現在當務之急，真的是讓他能在語言上有所進步，要融入團體的機會才能增加。

在醫院做發展遲緩評估的這段期間，台北市早療資源中心的社工有時會來家裡訪談，了解一下洋洋目前的狀況，並提供一些日後需要協助或諮詢的方法。這天，與社工談完後，因為天氣比起前幾天的陰雨要好上許多，陽光露臉，就帶著洋洋出去騎車，微風輕捎的感覺好舒服。

洋洋因為語言發展遲緩，沒辦法和一般小朋友一樣一直和我互動，有時他只是靜靜地騎著車，靜靜地觀察他眼前的事物，偶爾回過頭來，再和我說一下他看到的東西，這樣不需太多言語的安靜時光，我很喜歡。

在洋洋一百公分下的眼界裡，我們可以看到一些平常不會注意到的事物，像是細微的植物、可愛的小蝸牛等。追尋著洋洋一百公分下的眼光，我們可以看到更多微小幸福感的存在。我很珍惜這樣和他的靜靜時光，光在流動著，言語有時真的是多餘的，洋洋的世界裡，或許暫時還無法容下太多話語，但卻有著和家人滿滿的幸福。

經過一兩個月漫長的早療與各種評估，到了看最終評估報告的日子，一大早，我們帶著洋洋坐捷運前往醫院。能坐捷運，是洋洋最興奮的事了，但是看到他在車上若有所思的樣子，彷彿他好像也知道今天是看評估報告的日子。

醫生和我們報告評估結果時，結果其實都在意料之中：洋洋的語言和認知發展遲緩，落後同齡的孩子大概有一年，職能與精細動作及感覺統合的評估也很不理想，醫生仍判斷洋洋有疑似高功能自閉症的傾向。但是醫生也說，只要洋洋的語言和認知的能力能有顯著的進步，他在各方面都會改善，高功能自閉症的徵狀也會改善。我們必須帶洋洋去做最少一年的語言與職能復健和治療，未來一年，就看洋洋去做治療復健，以及我們在家和他做的訓練與互動的成效了。

的確，會比較辛苦，但洋洋和做父母的我們也更要加油。我們心中開始希望能遇到好的治療機構和治療師，雖然都很難排。有很多朋友對我們提出建議或協助，我們都感激不盡，更希望洋洋之後能遇到許多貴人。

緊接著，我們開始另一段漫長的等待，就是等待著排定語言與職能治療的上課時間，這才發現即使台北市的資源已經那麼多了，但是需要上課的人竟然更多！我們想去的醫院或診所，都必須排上好一段時間，才可以開始上課。然而，我也開始懷疑著，每週語言半小時、職能半小時的課程，對於孩子的幫助又有多少呢？

我後來也才意識到，真正重要的並不是去上什麼課，而是我們對孩子的眼光與態度。

時間這個東西，在孩子的身上感覺特別地顯著。有一次，我參加的讀書會討論的書叫做《時間裡的癡人》（*A Visit from the Goon Squad*），講的是時間就像暴徒一樣，為我們的記憶與人生所帶來的強大衝擊。我也覺得時間就像是個敲門者，他敲了敲我們的門，將美麗的生命與記憶帶到我們面前。

成為那一道映照彼此的光

我是個直來直往急性子的人，老婆個性和我相反，她是個有話不太會說出來、動作也慢的人。我很清楚地記得當我們發現洋洋在一些地方和同齡孩子有些不同的時候，老婆對這些事的心情與掙扎，明明知道有問題，卻又有著不願意真正去面對的心情。其實我自己也是，但我必須逼自己表現得更坦然，這樣我們才有機會進一步地讓洋洋去檢查，了解真相。

當透過種種檢查與診斷，醫生親口和我們說了洋洋的問題後，離開醫院時，老婆在回家的路上，仍忍不住哭了起來。洋洋當然不懂媽媽為什麼要哭，而我問她，她也不說，讓我感到很無奈。

回到家之後，我們的心情持續低迷，老婆更是一想到洋洋的事就開始哭。我知道哭不能解決問題，有點生氣地對老婆說：「只是一直哭有什麼用？要想辦法來幫助小孩才對！」

老婆沒有反駁我，只是繼續哭著。

我很想大聲地吶喊，但也不知道該說什麼，只能先一個人趕快找各種資源和方法，看看之後要如何進行下一步的計畫。

直到後來，我和一位當特教老師的同事聊到了孩子的事，她的孩子是比較嚴重的自閉症。她關心琪的情況，我說，琪知道了只是在哭，也不去想任何方法。她告訴我，其實她當時知道孩子診斷出來的問題後，心情也是這樣。

我有點不相信，因為她是特教老師，而且是在學校對特殊孩子很有辦法的老師，應該不會這樣，可以順理成章地堅強面對才是。「我以為你是學特教的，遇到這種事情，一定很有辦法面對才是。」

「是嗎？才不呢！雖然我是學特教的，但是知道自己的孩子有這樣的問題，我還是一直哭，常常和老公吵架。」

我心有同感。「我和我太太也是，知道洋洋的問題後，常常會因為洋洋的事情吵架。我覺得我太太很被動，所以總是更放大了洋洋的問題。」

「你要多體諒你太太，對母親來說，看到孩子發生這樣的問題會如此難過，更多的其實是自責，或是覺得，是不是在懷孕或孩子成長的過程中忽略了什麼？因為一個孩子從在自己的身體裡開始就已經是一個完整的生命了。孩子在母親的肚子裡就已經和母體產生一種無法形容的連接，一直到孩子出生，要開始餵母奶，事實上，孩子與母親之間的親密關係，遠超乎父親所看見的，所以當孩子發生了什麼狀況，媽媽都會自責是不是自己的問題，或是做錯了什麼。我的心情也是這樣。」

聽同事這麼一講，我才恍然明白老婆知道孩子的事時會如此難過的原因，原來並不單只是我以為的脆弱，還有背後更多我所不了解的。

我很感謝那位同事和我聊了這些事情。在我和不擅言語表達的老婆說了同事講的話之後，老婆才跟我說，那正是她的感覺，但她不知道如何跟我表達。了解這一切之後，也讓我覺得愧疚。

不過，一向是積極行動派的我，實在無法和老婆一樣，只能半消極地等待醫院的消息還有排語言治療而已，我必須知道更多的資源和管道，看看能不能對孩子有更進一步的幫助。所以一開始看到老婆的消極態度，我還是忍不住很生氣，總會嚴厲的指責她，可她說，她也不知道能做什麼？聽到她這麼說，我只能無言以對，繼續一個人透過不同的方式來尋求協助。

老婆的被動個性與脆弱，讓我們在一開始知道洋洋的問題時，產生了一陣子的摩擦，有時家裡氣氛很不好。一直到終於排到了語言與職能治療課後，稍稍好了一些，但我們仍常為洋洋的事有所摩擦，我總是覺得她對洋洋的事不夠積極，總是我在找資源協助或是想該怎麼做可以讓洋洋進步。老婆則覺得茫然，不知自己可以做些什麼。

後來，我在臉書上發現了一個關於泛自閉症（ＡＳＤ）的社團，讓我深深感受到原來不需要單打獨鬥，可以在這個網路社群得到很多資訊，甚至鼓勵與支持。雖然大家都是陌生的網友，可是因為都有相同的孩子問題，反而可以互相打氣，讓人覺得很溫暖，這與過去如果發現自己孩子有些特殊問題時，可能不知該如何處理或無助的情形，真的天差地別。

在網路上，我碰到了一些熱心的朋友，提供了我不少建議與方法。記得有一個媽媽說，比較少看到是爸爸在急著尋求一些資訊與協助，大多是媽媽在做這件事。

我和她說，因為媽媽比較被動，所以只好由我來進行。

那位朋友一方面鼓勵著我，一方面跟我說，在他們家裡和我相反，是媽媽比較積極，爸爸比較被動。她一開始也很介意，但是後來就不這麼覺得了，因為她知道，在家裡，每個人的個性與功能都不一樣，爸爸比較被動，不代表他不愛孩子，因為他會用他的方式來協助、來愛孩子，那個部分也是媽媽做不到的，重點是家人能團結合作，一起面對問題。

那位媽媽的話，對我有如當頭棒喝。

老婆的個性比較脆弱、被動，這就是原本的她呀！並不是有了孩子才這樣。我的個性積極卻急躁，有時會讓家人覺得有壓力，這也是原來的我呀！我們無法改變對方，卻可以透過彼此的不同，用不同的方法互補著來幫助孩子。就像老婆很會聆聽別人說話，她總是耐心地聽我說完我的意見和想法，大多也尊重我或是採取我的想法來進行，很少與我爭吵或是爭執，這正是一體兩面的地方。

每一個家庭裡，都可能隨著爸爸和媽媽的性格而有了一些角色的不同。在我們家，老婆是屬於大而化之的個性，雖然看似被動，但懂得聆聽、有耐心，對孩子的小細節很細心。我是積極有計畫性的人，但個性急躁衝動，一些需要耐心的事我反而都無法教導孩子。如果我們在共同面對問題時，都只看到對方的缺點，那這些洞只會愈破愈大。

我們都在努力學習用彼此的眼光，將這些洞看成是映照彼此的光，透過這些光，我們看見了脆弱的自己與對方，卻也壯大了彼此，壯大了家人。

那個特別的潘朵拉盒子

當我們知道洋洋有發展遲緩的問題後，一直都在考慮到底要不要跟我爸媽說這件事。他們平常一個星期會看到洋洋一次，其實他們隱約也感覺到孫子學習說話的速度比一般的孩子慢了，但我卻不知該如何開口向他們說明。

因為我有一個特別的弟弟。

小的時候，弟弟就和其他的人不太一樣，他的話很少，他總是一個人玩東西，他說話眼神不會看著人，他非常的固執又膽小，他上課永遠在玩自己的東西。兒時的我，並不了解自己的弟弟為何會如此，甚至會欺負他。三十多年前，台灣對於特殊教育的觀念還很薄弱，我的爸媽又因為工作忙，只知道自己的孩子個子很小，總是一個人靜靜地做著許多事，沒有意識到有任何問題。我記得上小學的時候，我曾經提過弟弟在學校的情形，媽媽會有點擔心，但爸爸總是說我想太多，總是說弟弟只是還沒開竅。

弟弟的八字是全家最重的，小時候算命時，算命先生就說這個孩子長大不得了，我不知道是不是這樣的關係，總覺得父親從小就一直用這樣的東西在蒙蔽弟弟的問題；媽媽雖然一直覺得自己的孩子和別人有所不同，但因為家境清寒必須賺錢，也完全無法正視這個問題。就這樣，弟弟在家裡總是個謎，沒有人知道他在想什麼。

他小學畢業時，身高還只有一百二十多公分，非常的嬌小，在學校，他是個沒有任何表現，完全被忽略的人，總是在角落玩，偶爾還會被欺負，被別人捉弄，但他總是沒有反應。我記得在他中年級時，有一次，他同學跟我說，班上有一個人常常把他的東西藏起來捉弄他，我還去找那個人算帳。長大後，我一直在想弟弟的童年時光到底是什麼。

上了國中，弟弟的問題愈加嚴重，升學主義的國中社會完全沒有他存在的空間。他從小學開始，成績就一直是班上最後的，尤其是數學。我從事教育工作之後，才知道注意力有缺陷的孩子要學習東西真的是很困難的，弟弟正是注意力非常分散的人。

但是弟弟卻有一樣能力，是讓我難以望其項背的，那就是音樂。我的音樂一直不好，吹樂器對我來說更是痛苦，我不喜歡五線譜，但是弟弟和我比，簡直是神童，他也看不懂譜，可是常常聽一段音樂一兩次，就可以用直笛直接吹出來，真是神乎其技！從小，我就強烈地意識到弟弟這方面過人的地方。

國中以後，弟弟在學校也只能當客人，不斷地被邊緣化，老師常常會和媽媽講弟弟在學校的問題，爸媽當時也覺得特地把弟弟送到私校，只是為了讓他不要變壞，因為她知道自己的小孩無法和其他人一樣學習，因為他還沒開竅。

有一件事我印象很深刻。國中時，一次我爸無心地跟弟弟說，如果他做到某件事，就帶他去澎湖玩。後來弟弟真的完成了，爸爸卻沒有履行這個約定，弟弟竟然在某一天，把家裡的錢拿走，一個人獨自坐飛機去澎湖，三天後，才被警察帶回家裡。他有著不可思議的固執，在成長的過程中，我見識到很多次。

印象中，我和媽媽談過弟弟有過人的音樂天分這件事，不過那時候台灣的學習風氣只有升學，特殊教育也薄弱，爸爸媽媽也不太願意面對自己的孩子有問題這件事，加上音樂從來都是錢才能培養堆積的，也不是像我們這樣的家庭可以做的。

就這樣，我的弟弟一直到很大了，家人才願意承認他的問題，帶他去醫院鑑定，但一切似乎都已經太晚，也無法挽回或幫助他。

弟弟是家裡的潘朵拉盒子，爸爸媽媽一直不願跟任何人提起弟弟的事，我成長的過程中，不斷地為這件事和父母爭吵：為何怕別人知道他的問題？他們到底是為了弟弟，還是自己？

長大後，弟弟有了獨立的權利，真正的問題才像洪水猛獸一樣不斷來到，爸爸終於願意承認自己的孩子不是算命仙口中的天才，他壓在爸媽身上的包袱也沒有減輕。

我想到了帶洋洋去醫院鑑定的事，就想起了我特殊的弟弟，再想起了洋洋的一些行為和特徵，和弟弟小時候都有一些類似的地方。我開始猜想，如果我跟阿公阿嬤講，他們的態度會是什麼？他們會不會也想起了弟弟？他們會不會叫我帶他去算命？他們能夠願意在金孫那麼小的時候接受這個事實嗎？

我百轉千迴地想著這些無數的問題，直到我終於鼓起勇氣，跟爸爸媽媽講了我們帶洋洋去醫院鑑定的結果。

模糊的背影

從小，我就和母親關係比較好，父親的形象對我來說，始終很模糊。

父親是個固執、保守又大男人主義的人，對外面的朋友比對家裡的人好，總在外面請客，卻會在家大發脾氣。母親從小就很辛苦，她必須工作，同時撫養照顧我們，還得要做家事；相對地，父親在家只會出一張嘴。小時候，我記得媽媽被爸爸氣到哭的許多畫面，而爸爸從來就沒有在管我們或教我們。

因此，我開始了捍衛媽媽的成長過程，小學時，我非常愛跟父親頂嘴，看到媽媽被爸爸氣哭，我總會氣呼呼地罵上兩句。對父親而言，我是個叛逆、不聽話的小孩；和弟弟的乖巧與安靜比起來，我顯得可惡多了，也成了他的眼中釘。有時，他會特地買東西或送東西給弟弟，但我就是沒有。我痛恨弟弟的乖巧與安靜，暗地裡報復著他。

父親對我來說，是個沒有責任感又偏心的人，我不知道他在家裡的功能是什麼？因為他不是吃飯就是睡覺，不然就是出去和朋友吃飯、喝酒。我只知道弟弟是爸爸的心肝寶貝，媽媽和我對他來說好像不重要，他相信弟弟長大會成為一個很有用的人，只是還沒開竅。

到我極叛逆的時候，甚至直接對我父親摔過東西。我的記憶裡，從小到大，我們真正對談過的話語少得可憐，我懷疑到底有幾次。

父親與我的距離，隨著年齡的增長，愈加地遙遠。我開始離家求學、工作，父親後來退休了，在大樓做管理員的工作，我們見面的次數很少，見了面也不會講什麼話。

弟弟到了二十多歲，都還沒有看到開竅的隙縫，父親似乎還在等待那一刻。

三十多歲的某一天的畫面，還像是剛換上的底片，烙印在我腦海的相機裡。當時我還單身，心想著可能不會走入婚姻的事。父親剛好在家裡，母親不在家。父親當時已經六十多歲，我看到父親肚子餓，去廚房自己添了一碗白飯，沒有任何配菜，就只是挖著白飯吃著，那是他的午餐。我看到吃飯的時候，他的手在顫抖著，逆光中，我看到他的頭髮竟然都已經變白了，我才想起不知有多久，我沒有好好看過這個在我眼中非常不及格的父親，他真的已經老了。

我不知道自己沒有渴望婚姻，是不是也和父親有關係。

但在緣分的牽引下，我還是悄悄地走向了婚姻的大門。婚禮那天，爸爸媽媽都好開心，但我才發現原來爸爸的笑容可以如此和藹，這是否是幼時的我所渴望的呢？不喜歡小孩，也沒有想過會有小孩的我，不曉得自己也有當父親的一天。從小孩呱呱落地的那一天開始，我才開始學著當父親這件事。但什麼是一個父親？我卻很模糊。

我和爸爸媽媽說，我們帶洋洋去做鑑定，醫生說洋洋有發展遲緩的情形時，他們的想法和我的猜想相去不遠，他們都說我想太多，洋洋只是大雞晚啼而已。不過，或許是因為弟弟的關係，當我開始一一分析和說明，他去做什麼測驗、他哪裡和同年齡的孩子有多少落差時，母親慢慢地可以接受，也說那麼早發現是好事，弟弟的事不會再重演了。

固執的父親沒有那麼容易被說服，他不可能輕易地接受自己的金孫有問題的事，他只是一直用台語說，他還那麼小，怎麼可能會？他長大就會了。

由於我們要把洋洋轉到比較熟悉的國小附幼上學，而學校離阿公阿嬤家很近，所以本來住在家裡的洋洋，變成有更多時間住在阿公阿嬤家。阿公很不喜歡小孩哭，因為他不了解小孩為什麼要哭，但小嬰兒不可能不哭呀，所以以前阿公很不喜歡洋洋到家裡。等到洋洋滿了三歲，不是那個會任意哭鬧的孩子，阿公就開始喜歡這個金孫了。

阿公知道洋洋要念老家附近的國小，表面上看起來沒說什麼。不過有一天，媽跟我說：「你爸講，他早上沒事，可以帶洋洋去上學。」

聽到媽這麼跟我說時，我真是不敢相信，那個固執又大男人主義的父親，以從未對待過我們的方式來呵護著我的兒子，他的孫子。

我在阿公的身上，看到我未曾看過的父親。

阿公和洋洋的相處時間開始變長，不管颳風或下雨，阿公總是騎著他的腳踏車，載著洋洋去學校。我記得學校的老師曾經跟我說過，他覺得阿公看起來好慈祥。阿公開始為了洋洋調整自己的作息，只要是為了孫子好的事，他都願意去做。他有著老人不斷嘮叨的習慣，嘴裡講的都是關於洋洋的事，洋洋生病時，他比誰都還要擔心。

雖然總覺得爸爸對洋洋有點溺愛——他從不會覺得洋洋有說話或其他的任何問

題，就好像從小在他眼裡，弟弟都沒問題、也溺愛弟弟一樣。以前，我不能理解爸爸對弟弟的教育觀念，我和媽媽總認為弟弟是被爸爸寵壞的，所以才一直讓他的問題無法解決。但如今看到爸爸這樣對洋洋，矛盾的是我覺得這樣的態度卻令人欣慰。

我和父親，從小到大近乎冰冷的關係，開始因為洋洋而融化了。

在我印象中，父親從未以對待洋洋的方式溫柔地對待我。我曾經渴望過這些愛嗎？我也不知道，但是看到父親對洋洋的溫柔和慈祥，我彷彿也感覺到父親的手在摸著我的頭一般，是那樣的溫暖。

我看著父親牽著腳踏車載著洋洋的背影，那個從小對我而言總是模糊的父親形象，漸漸地清晰起來，我們不再閃躲著彼此，我看見了牽著阿公手掌的洋洋，彷彿就像是我一般。

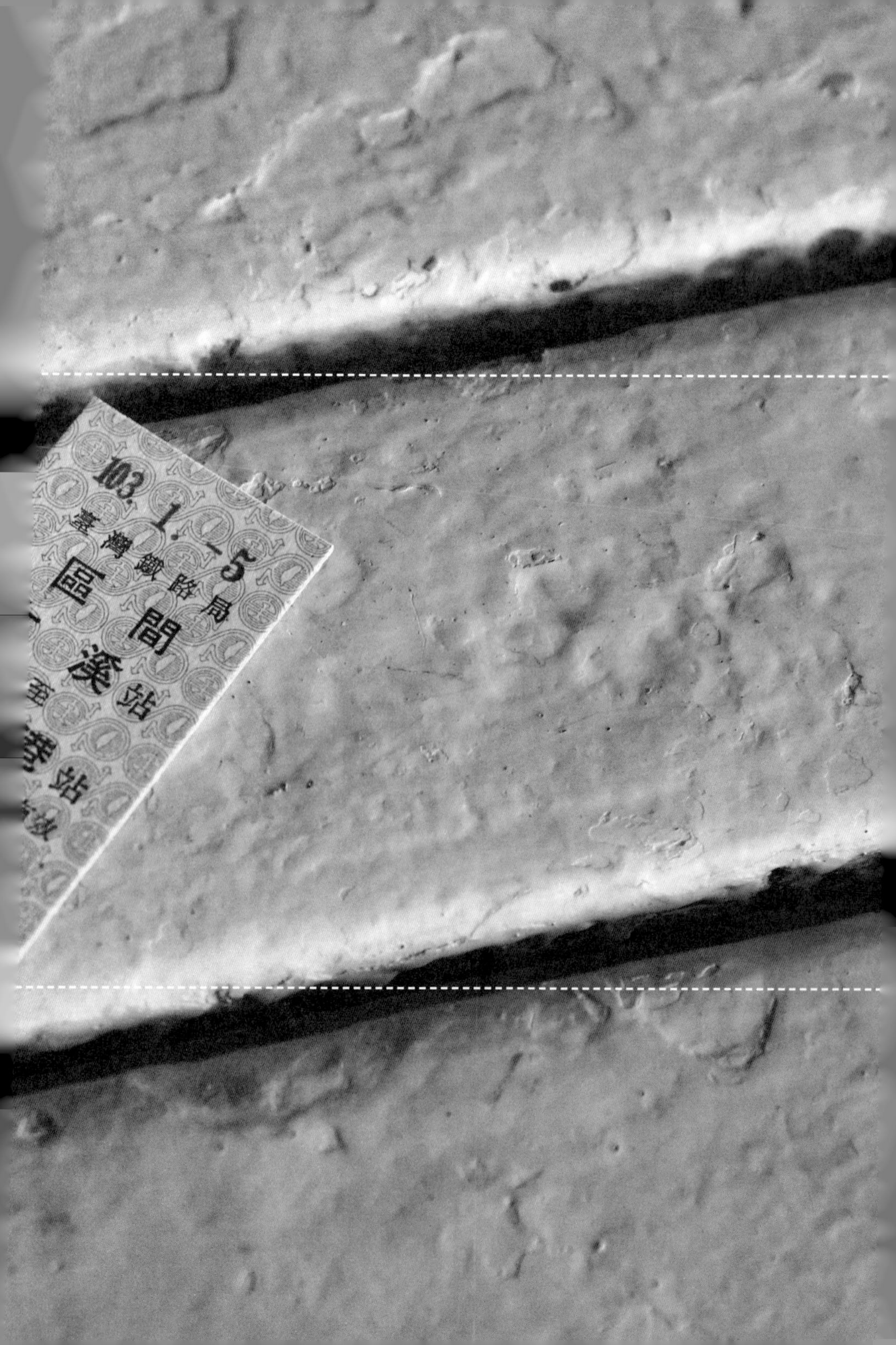
103. 1.-5
臺灣鐵路局
區間
溪站
港站

大手牽小手，心的旅行

爸爸，我們去哪裡？

一位法國知名的作家和電視製作人尚路易．傅尼葉（Jean-Louis Fournier），曾經在年老的時候寫下了一本非常暢銷的書，內容其實是在談論他與自己兩位多重障礙孩子的相處，人們才知道外表光鮮亮麗的他，竟然有兩個嚴重多重障礙的孩子。但他並非以悲情的方式來描寫他們兩個以及和他們的相處，而是以一種自嘲諷刺的方法，來嘲笑自己的處境，讓人看了實在又笑又哭，對於他的強迫樂觀和自我無奈更是欽佩。那本書叫做《爸爸，我們去哪裡？》，這是每次出門時，他的兒子總會對他說的一句話，但就只會說這一句，不管他老爸說什麼回應，他也只會一直重複這一句話，無法有任何回應。看到作者的自嘲，真是有點難過。

「爸爸，我們去哪裡？」也是洋洋最喜愛問的一句話。常常我們要出門前，或是還沒出門時，洋洋就會開始問著這句話，往往我們之間的對話，都會從這句話開始延伸。

洋洋喜愛坐車，每當在家裡他看我們準備換衣服的時候，就會開始問：

「爸爸，我們要去哪裡？」

「媽媽，我們要去哪裡？」

「爸爸，我們要坐什麼車？」

「我們要坐公車換捷運嗎？」

「我們要去坐火車嗎？」

「我們要坐幾號公車呢？」

這是我們最常見的交談內容，我們談論著等一下要去哪裡、等一下要坐什麼車，有時洋洋固執地說著他的選擇，不論是溫柔的勸導或是有目的的溝通，這樣的交流與互動，在看完那本書後，相對於主角孩子的回應，都讓我們覺得自己無比幸福與幸運。

我記得那本書裡寫到作者有一次開著車，帶著兩個兒子想去美術館看畫，他興奮地在車上陶醉地和他們介紹自己喜歡什麼畫，看著外面美麗的秋景，再回頭看著這兩個兒子，他們完全沉溺在自己的世界，沒有理會他老爸說的話和外面的風景，一個只自顧說著：「我們要去哪裡？」一個吃著他們最愛的薯條。作者描述他的心情說，他實在很想開車直接就去撞樹好了。

大陸有一個節目叫《爸爸去哪兒》，這是一個親子的戶外實境節目，會找明星爸爸帶著孩子一起去完成一些任務，藉由任務的過程，描述親子之間的互動與情感。以爸爸為主題，就是特別強調了現在社會中父親角色在家庭關係的轉變，不過畢竟是電視節目，所呈現出來的互動與情感是否真實，那就見仁見智了。節目收視率很高，人們願意花時間去看這些親子的互動節目，但是否有用心在經營自己的家庭關係或是觀察自己周遭的親子關係呢？

其實現在許多親子家庭間的互動，似乎都漸漸被3C產品所控制與隔離了。如果孩子吵鬧，最快的方式是丟一個3C產品給他，他就會乖乖地盯著螢幕看，不再吵鬧；家人吃飯的時候，可能不再聊天說話，而是各自滑著自己的手機。這些冰冷的機器成了我們最親近的家人，我們不再需要有溫度的生命，因為手上的機器就是我們最親密、最了解我們的人了。

有一次，我在捷運上，看到一個孩子也問著：「爸爸，我們去哪裡？」但是爸爸只顧滑著自己的手機，回答著：「你問那麼多幹嘛？」

還有一次在搭火車去台東的途中，長路漫漫，我看到一對夫妻帶著小孩坐在火車上，一路上三個人都在滑著手機，沒有什麼對話。後來到了花蓮，小女孩問家人：「這是哪裡？」只聽媽媽說：「還沒到台東啦！」對話結束了，三人繼續顧著自己的手機。

現代的社會與父母，是不是因為這些科技產品，愈來愈疏離了呢？孩子面對科技產品，不願意和父母分享或是說話；父母覺得孩子吵，把３Ｃ產品丟給他，他就安靜下來了。一次在高鐵上，我看到一個小女孩為了爸媽不讓她繼續玩平板電腦，整整情緒失控了半個小時。

當孩子問著：「我們要去哪裡？」我們是否可以放下身邊所有的事，去聆聽、去和他聊著這些問題，而不只是想打發他或是叫他不要來煩你？

因為孩子的一些特殊以及慢飛，可以讓我們好好停下腳步，去聆聽他，去和他討論這些他喜愛的事情，雖然不像電視節目有那麼多精采的橋段，但這不是沒有意義的，即便只是一般尋常的生活對話，卻是最真切、最真摯的。

簡單平凡，沒那麼有趣，但卻是最真實的情感。我想真正的家庭關係應該都是這樣建立的才對。

一些簡單的話語，有時正包裹著最親密、最真摯的家人互動。現代社會的我們是不是只在意物質的給予，而忽略了許多最根本家庭間的微小事情？從這些話語開始，我相信孩子需要的回應、關心、擁抱，遠比給他任何物質還要重要，還要珍貴。

最幸福的空白時光

從發現洋洋有發展遲緩的問題後，我們開始了語言治療與職能治療這條漫長的路，希望可以藉由一些專業老師的帶領，讓我們更了解如何幫助和培養孩子的語言成長。

但是台灣的語言治療和職能治療的機構和專業老師，其實一直都屬於缺乏的狀態。我們在台北市，資源相對還比較豐富，我很難想像如果在資源匱乏的中南部，有這樣需求的家庭該怎麼辦？我們去大醫院要排語言治療，醫院和我們說要等二、三個月，心急如焚的我們怎麼有辦法等待那麼長的時間，於是我們只好轉向診所，又在經過一些評估後，等了一個多月，終於排到了上課的時間。

後來我們才知道，原來語言治療與職能治療的課其實都很短暫，因為一次都只有半小時而已，我們好不容易把兩種課程排在一起，但短短的半個小時，我一開始就很懷疑這樣能有多少幫助。上了幾次之後，我們發現去上這樣的課程，更多的是要能學一些方法，了解一些策略，在家裡能和孩子互動與練習，如果只想靠這短短半小時或一個小時的時間，讓孩子有明顯的進步，根本是不可能的事。

我們一開始還沒排到這些課程時，因為很著急，還特別去找了自費的語言治療師上課，費用很高，但老師的專業的確讓我們佩服，短短的幾堂課就讓我們了解不少東西。雖然因為費用昂貴還有一些因素，只僅僅上了幾堂，但我們可以從老師的身上感受到，因為她了解孩子，所以才能幫助他們。

我和老婆開始每個星期二下午，固定輪流請假帶洋洋去上課。記得有一次，有別的老師看到洋洋要提早離開幼稚園，問他要去哪裡，洋洋竟然說：「我要去坐公車了。」要去上課的事，完全拋在腦後，他只在意他現在要去坐哪一輛車而已。

上了治療課之後，雖然知道了老師運用哪些方法來幫助孩子，但要在家自己練習，好像也沒那樣容易。有時覺得像這樣特殊孩子的父母真的好辛苦，需要花更多的時間與心力來幫助自己的孩子，常常下班回來累得半死，根本只想要癱在沙發上，不太可能和孩子再做多餘的練習與互動，有時只能硬逼自己，強迫自己與家人必須要和孩子多進行一些交流，而不只是讓他沉浸在自己的世界裡。

每次去上治療課，看到很多需要幫助的不同孩子，有的孩子狀況很嚴重，甚至在診所情緒失控，大發雷霆的孩子也不算少見。治療師大多很年輕，也大多看起來是單身，有時我覺得他們對孩子的感覺大多還是客戶之間的關係而已，能夠以愛與關心去了解、包容孩子的治療師其實並不多，但也沒辦法，目前台灣這樣的環境缺乏專業人才。記得我們剛去上課時，職能治療師更換的頻率很高，一直換老師，在還沒辦法與老師建立關係前，老師就又換人了，對於許多有特殊狀況的孩子，影響其實更大。

所幸，後來固定下來的一位職能男老師非常細心，也很喜歡洋洋，常常在課程結束後，細心地分享今天和洋洋上課的情形，並且聽我們說有沒有需要洋洋進步的地方，隨時調整課程。他總是輕聲細語地跟我們講話，洋洋和我喜歡這樣的老師，可惜一個星期只有半個小時的課。有一陣子，洋洋不太喜歡上課，每次我們一提到上課，他都在抗議不要去，我和那位治療師說了這件事，他也細心地問洋洋為何不喜歡來上課。雖然我不知道這個治療師能夠幫洋洋上多久的課，但總覺得我們算是幸運的。

上治療課時，會看到有許多不同的大人帶著這些需要協助的孩子來上課，有的是阿公阿嬤，有的是像我們一樣的爸媽。比較令人難過的是看到外籍看護帶著孩子來，他們和孩子的關係其實可能淺薄，卻必須陪著孩子來上課，有時孩子臨時有什麼狀況，他們並不知道該如何處理，看到有孩子因為如此在那裡嚎啕大哭，情緒失控，就覺得很難過，不知道這些孩子的爸爸媽媽是否知道這些情形。

NATURE
APPLE CAT

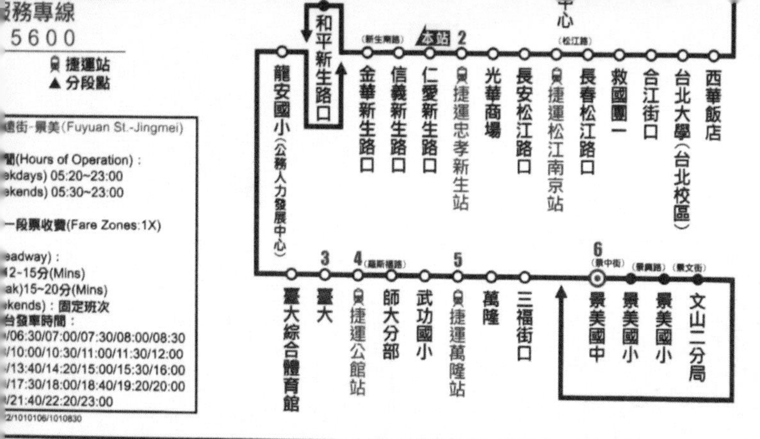

affic Services
Zhongxiao Xinsheng Sta.
Taiwan U.

4. MRT Gongguan Sta.
5. MRT Wanlong Sta.
6. Jingmei Junior High School

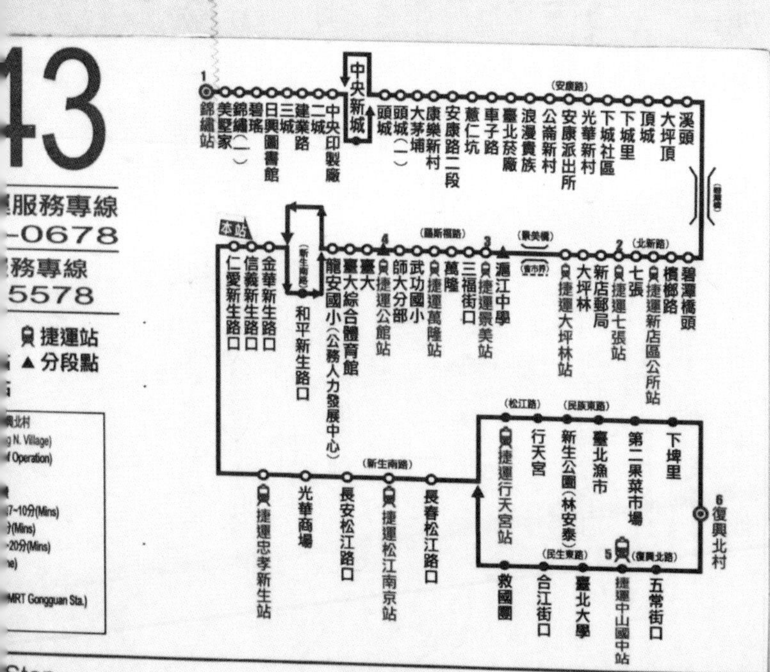

Stop
Qizhang Sta.
Jingmei Sta.

4. MRT Gongguan Sta.
5. MRT Zhongshan Junior High School Sta.
6. Fuxing N. Village

仁愛新生路口-往南-1-公車專用道候車亭

帶洋洋去診所上課的時候，等於在觀察另一個與正常社會相同卻又稍微有點不同的小社會，另一種人間的冷暖。看了許多不同狀況的孩子，也讓人覺得洋洋的發展遲緩根本不算什麼，覺得洋洋其實很幸福，因為一直有我們的陪伴，我想這也是洋洋一直不斷有進步的最大原因。不管上多麼好的課、遇到多麼好的老師，沒有家人的陪伴與愛，永遠也補不了最重要的一塊拼圖。

習慣了請假陪洋洋去上課之後，老實說，我開始喜歡上了這個與洋洋相處的空白時間，享受忙碌上班中的這種偷閒時光。帶洋洋去上課後，他喜歡在上課地點外的公車站牌前，看著好多不同數字的公車，認真地喊著它們的名字，精挑細選一輛他自己最想坐的車子，帶著我們上車，然後在任何一個他指定的站牌下車；他會聽公車的廣播，只要聽到和捷運有關的站，他就會想下車了。有陣子，他很喜歡去中正紀念堂，常常在上完課時告訴我，他要去看國家音樂廳和阿兵哥，還有，他也一直念念不忘在那裡看過的紙貓熊行動特展。

有好幾次，我們坐在中正紀念堂的最上頭，俯瞰整個中正紀念堂，遠方有阿兵哥正要前進到升旗台進行升降旗的儀式，洋洋開心地吃著點心，看著下方雄偉的國家音樂廳和國家戲劇院。風微微地吹拂著，一旁有很多大陸口音的說話聲，但我們就只是靜靜地看著眼前的風景，風沒有停止，漸漸地，周遭的聲音彷彿都消失了，只剩下了我和洋洋，他的頭髮隨風擺動著，我為他戴上了帽子，他轉頭看著我，對我微笑著。

在那個瞬間，我知道我是全世界最幸福的人。

壞脾氣

嚴格說起來，我並不是個很喜歡小孩的人，不過因為工作的關係，必須接觸小孩，久了慢慢也感受到孩子天真率直的一面；但我也始終覺得人性本惡，在小孩子的世界裡是很殘酷的，那是弱肉強食的世界，如果沒有教育或教導，我們只會看到《蒼蠅王》的劇情不斷發生而已。

不喜歡小孩，結婚後，一開始並不打算有孩子，但因為老婆很喜歡小孩，才有了第一個小孩，也就是洋洋。而自己有了孩子之後，我才開始感受到孩子對自己的影響，因為自己的孩子，甚至慢慢改變了自己。

我是個脾氣不好的人，沒有耐心，常常生氣。記得孩子還很小的時候，有段時間常常在哭鬧，雖然我明明知道這麼小的孩子哭鬧有時是無法控制的，但我卻仍忍不住和孩子發脾氣，半夜時，孩子本來在哭鬧，卻又因為我發脾氣，甚至教訓他，他反而哭得更大聲了，搞得全家都不得安寧。

洋洋大一點的時候，因為學講話慢，到快三歲時，會講的話還是很少，有時和他說了一些事情，他卻不聽，我總覺得他是故意的而責罵他，甚至會動手打他屁股。

記得有一次和洋洋坐公車，他因為不要坐那輛公車，上車前就一直抗拒，但那時我們還沒碰到過他因為坐車情緒爆發的事，只覺得硬帶他坐，他上了車就好了。沒想到，一上車之後，他在車上整個大發飆，一直尖叫一直大哭，大叫著：「我不要坐！」本來是老婆抱著他，但是因為他的情緒爆發，老婆被他拉得快跌倒了，所以後來換我抱著他。

他一樣大叫著，一邊用力拉扯著我的衣服，後來我終於受不了了，雖然沒有大聲對他咆哮，卻熊抱他在地上，又因為生氣狠狠地捏了他兩下屁股，他的哭鬧與尖叫聲當然沒有停止下來，反而更加地極致高亢，我和他看起來簡直像扭打在一起。

從上車到下車，其實不過短短十分鐘，但對我們來說，時間卻如一天般漫長，最後我們兩敗俱傷，疲憊不堪。

我不知道車上的人會如何看這場鬧劇，當時，我們好希望公車上的人都是外星人。

我是個沒耐心的爸爸，常常因為和孩子說話時，如果孩子沒辦法馬上去做或是隨便亂做，我就可能會對他發脾氣。也無法忍受一而再、再而三跟孩子說同樣的事情；講過的事他常常都忘記，或是跟他講了，他卻不去做，因此犯錯或是依然故我。有時火氣上來，我總不禁會大聲地責罵或是動手教訓，儘管我不喜歡在外人面前教訓孩子。

大概是職業病的關係，我們被訓練要成為一個有原則的人，不能輕易地和孩子妥協，不然就會被孩子不斷地測試自己的底線。但是對於自己的孩子，還可以始終如一地維持原則嗎？我認為不容易，畢竟那是自己的孩子。有時看到自己的孩子對別人，例如老師或是阿公、阿嬤，總是比對自己更聽話，就會想到，為何每次面對自己的孩子不聽話時，我們就忍不住用打罵的方式不斷地教自己的孩子？面對孩子，我們只能當壞脾氣的父母嗎？

雖然原本脾氣不好的我，還是無法隱藏自己的火氣，但我卻也慢慢了解，如果發脾氣能讓孩子進步，那生氣還算值得；但如果發脾氣，只是讓事情陷入泥濘，雙方情緒高張，久了之後，便會發現那只是在傷害自己、傷害小孩而已。再加上洋洋本身在某方面就有著無法妥協的固執傾向，我已經嘗試過了很多次，發脾氣最後的結果，就是事情仍然毫無進展。

於是，壞脾氣的我開始為了孩子試著調整自己，心想著該怎麼做，才可以不用每次都搞得彼此都受傷。

漸漸地，我從經驗中慢慢學會了，當孩子不聽話、有情緒、固執傾向發作時，我開始學著不要忙著發脾氣，而是溫柔並堅定地和孩子說我們希望他做到的事。當然孩子不會那麼聽話，一下就聽我們的，他會開始哭鬧或是故意做相反的事，這時往往是引發我們心中炸彈的時候——但先別急著爆炸，我會先用孩子喜歡的東西做口頭的威嚇：「如果你不做，那你就沒有什麼東西。」如果他還是不聽，有時我會開始進一步地說：「那我要拿走你喜歡的車子了。」

整個過程中，我都盡量不要把自己的情緒帶上來，就是堅定自己的立場和孩子說。可以大聲說話來幫助，讓孩子知道你的堅決，效果會更好。

當我了解到原來不用發脾氣，也可以有方法讓孩子清楚明白我的意思，效果和發脾氣一樣，甚至更好，那誰還要發脾氣呢？自己累，孩子更累。

也因為如此，漸漸地，我的壞脾氣竟然在孩子的身上漸漸看不到了。有好幾次，在坐車時，洋洋耍脾氣哭鬧，我都不再發脾氣凶他，而改以溫柔勸說或是交換條件的方式，順利達到溝通的目的。

孩子的媽說，我的修養愈來愈好了，因為我學會了不發脾氣才是可以安定事情的避震器，只要我們夠堅定，不隨著孩子的情緒起舞，雖然這個過程總是得花上不少時間，但往往都可以達到目的。

不過這樣的方法，如果孩子是在外面引爆的話，就有點不管用了，因為在有些場合，我們無法在那裡花太多時間和孩子耗時間溝通，也無法和他大聲說話或是威嚇，畢竟公共場合有些事情實在難以著手。這個時候，其實我會選擇不當個壞脾氣爸爸，我會先安撫孩子的情緒，順應他的想望配合他，不會當場和他僵持不下；等事件結束後，回到家，我才會和他溝通，畢竟在家裡，他再怎麼哭鬧或不聽話，也都只剩下我們而已了。

有一次在外面等公車，洋洋又開始挑車子，明明已經和他講好要坐哪一輛了，結果他又臨時反悔，看到別的公車吵著說要坐，又哭又拉扯的。因為在外面，實在不想對他發脾氣，所以當下在溝通過之後，發現洋洋還是沒辦法接受，便只好先順著他的意思坐車；但也因為他的關係，讓我們耽誤了原來要做的事。

回家後，雖然事情已經過去了，我還是把洋洋叫到面前，跟他重複了一次今天發生

的事，問他，我們講好不能選車的約定，為何他沒遵守？讓他自己再描述一次今天發生的事，並且和他說下次應該要怎麼做，如果再這樣，以後就不讓他坐車了。

對於自己可以改變那麼多，以這樣不用當場發脾氣的方式來處理洋洋的問題，連我自己都感到有些驚訝。

我的壞脾氣因為自己的孩子而得到了舒緩與改善，真是我始料未及的。在我教育的工作崗位上，學生也能明顯地感受到我的改變，我沒有再常常大聲地責罵或是糾正學生，而是用堅定的立場與語氣來告訴學生什麼是對的、什麼是錯的，與大聲責罵的效果一樣有用，甚至更好，心情也不會因此煩躁或是惱怒了。

這是我從孩子身上得到的智慧，我要感謝孩子，他讓我看到了自己心中不一樣的東西，也改變了我的一些性格，為了自己愛的人，這些不可能都成為了可能。

小詩人

洋洋兩歲多的時候，有一次，我和幾個讀書會的朋友討論一個天才作家五歲就會寫詩的這件事，一些朋友覺得有點不可思議，記得我當時和他們分享一些關於我認為什麼是詩的想法。那時，洋洋還不會說什麼話，能講的都是一些簡單的單字，當時也不知洋洋有語言發展遲緩的問題，可我卻想到有一些時刻，洋洋像是個小詩人。

洋洋在三歲以前，白天都是給保母照顧，每天下班後，我們必須到保母那裡帶他回家。我喜歡帶洋洋散步回家的感覺，除了濕冷的台北冬天。

但有一次，我印象很深刻，那天下著大雨，是秋天的雨，雖不至於太冷但是卻也讓人打顫。我撐著雨傘，衣服都濕了，我讓洋洋穿著雨衣，想要趕快走路回家，沒想到就在我一心急著回家的同時，經過了一戶有種花草的人家，洋洋竟然停了下來，開始欣賞那些花，和它們說話。

下雨，下雨

花花，花花

他不停地重複這些簡單的單字，好像在告訴花朵下雨了，又好像在告訴雨水，不要把花都打掉了。原本一心想拖著他趕快回家的我，不禁也停下腳步，看著洋洋一邊說著這些字，一邊看著花，一邊還摸著它的樣子。大雨把我們兩個都淋濕了，但我聽到了一種對詩的美麗朗讀。

我和幾個朋友說著我家孩子發生的這件事情，問他們：「你們覺得這是詩嗎？」大家竟有默契地點起了頭。

是不是其實我們從小每個人都是詩人，但是長大了，學會了更多的語言，會說更多的話，反而讓我們失去了詩性了呢？

後來當我們知道了洋洋有語言遲緩的問題，能說的話語比一般的小孩都還短、都還片段的時候，當他的語言邏輯還很模糊的時候，我總想起，這樣的語句是不是才更接近詩人的語言？這些話語有時不容易懂，但身為父母的我們，卻可以，也必須去理解這些語句的意義。

我們應該要是那個最懂孩子詩句的人。

媽媽，我愛你

洋洋一直到兩歲半的時候，才會對著我們叫爸爸、媽媽，後來我們才知道原來一般的小孩不會那麼慢。

從洋洋兩歲生日起，我們就會買蛋糕幫他慶生，等到我們生日的時候，也都會買蛋糕來慶生，多次以後，洋洋會講的話也多了，只要有蛋糕，他就會想到生日快樂，還會自動唱起生日快樂歌，就連母親節也是。

洋洋剛滿三歲的那個母親節，因為剛發現他有發展遲緩的問題，我們焦急地只想

趕快了解洋洋的狀況，去醫院排了慢慢等待的早療門診與檢查。我們心急如焚，心情起伏不定，那個洋洋媽媽的第三個母親節，我們雖然也買了蛋糕來慶祝，但看著還沒辦法和媽媽說「媽媽，我愛你」的洋洋，我們的心情五味雜陳。

四歲的母親節，洋洋早已不再是一年前話少的小男孩，他變得很愛說話也很愛唱歌，在學校開心學了母親節的歌和話語，一回到家，只要想到就一直跟媽媽說：「媽媽，我愛你！」老婆真是快樂死了，對洋洋又親又抱的。我們的喜悅包含了許多情緒，更多的當然是看到孩子的成長和進步，這個「我愛你」，包裹著這些歲月來我們彼此的許多事。

我記得洋洋在幼稚園學了一首關於母親節的念謠，是這麼唱的：

我最喜歡我媽媽。陪我看書陪我玩。親親媽媽我愛你。媽媽。媽媽。I love you。

一向很重視公平的洋洋，唱完了媽媽之後，就會自己把歌詞改編成別的家人，把媽媽改成爸爸，或改成阿嬤、阿公，聽起來實在可愛又好笑。

這天，我們全家為了慶祝母親節而出門時，我和洋洋特地穿了父子裝。老婆說：「不知道是過母親節還是父親節呀？」洋洋一聽到媽媽這樣說，也不知道是真的懂還是想到什麼，直說要把衣服脫掉，不要跟我穿一樣的衣服，在媽媽連哄帶騙下，才終於願意穿父子裝出門。

出門後，他卻又因為坐車的事，耍了脾氣。因為現在的他已經很能跟我們溝通了，我就先好好地跟他說，想不到，他哭得更大聲，我忍不住就罵了他一下，說以後都不帶他坐車子了，這時他忽然哭著說他想要換一件衣服，不想穿身上那一件。聽他這麼說，我一開始覺得雞同鴨講，隨即又問他：「為什麼要換衣服？」他繼續在哭，我突然想到，他該不會是因為我罵他，所以想到不要跟我穿一樣的衣服來表達抗議吧？

我就問他：「你是不是因為討厭爸爸，所以不想跟爸爸穿一樣的衣服？」

他果然邊哭邊點頭，讓人好氣又好笑。

一邊哭，他一邊看著在旁邊的媽媽，突然對她說：「媽媽，我愛你。」然後又唱起了那首母親節的歌。

我最喜歡我媽媽。陪我看書陪我玩。親親媽媽我愛你。媽媽。媽媽。I love you。

就這麼邊哭邊唱著。老婆看著自己的寶貝在哭鬧完之後，突然撒嬌了起來，也心疼地抱著他，讓他要賴地趴在身上。

一句「媽媽，我愛你」，真是可以融化了所有因為孩子任性固執而生氣的爸爸媽媽了。

我們之間，最美的密語

曾經有朋友第一次看到洋洋，說他很喜歡觀察東西，總是東張西望的。說起來這真的是他的優點，但這樣的優點，對我們做父母的來說，有時卻把它看成缺點，因為在生活中，他常常因為注意力的分散，變成做一件事，往往都要做很久，造成了自己生活上的困擾。

這實在很矛盾，同樣一個狀態，外人看來是優點，但是我們卻把它當成缺點，這也是做父母最矛盾的地方。

幼稚園小班下學期的期末，開完了洋洋的幼稚園期末ＩＥＰ（Individualized

Educational Program，個別化教育計畫）會議，看到幼稚園老師和特教巡輔老師對洋洋各方面進步的稱讚，當然覺得高興。我們很感謝洋洋碰到懂他的幼稚園老師，在一年的小班生活裡快樂地上學，有很多事情都靠老師耐心地協助與對同儕的影響，才可以讓洋洋在學校那麼快樂。

不過，洋洋中班即將轉學，老師說比較擔心的是他語言和注意力不集中的部分。雖然洋洋的語言能力已經大幅進步，但我知道他與同齡的四歲多孩子在一些方面落差還是不小。

尤其我發現他看不懂、也聽不懂故事書或繪本。對他來說，故事書比較只是一些片段圖像和物件的拼貼而已；他的記憶大多也是片段的，無法描述或是連接事件的前後或前因後果，加上除了玩車子之外，他的注意力常常很分散，所以不管聆聽或是描述事情，都需要花更多的提醒和練習。

其實有時我覺得洋洋在描述事情或是看事情，更像是詩人，甚至是藝術電影的節奏，因為他所表達可能不連續或是片段的東西，我們必須靠自己來解讀真正的意思，不知這算不算無形中培養了我們的詩性呀？可是面對一般人的溝通和對話，我們不可能以如此浪漫的態度來面對，我們總希望他可以更貼近一般人的溝通頻率，讀懂、看懂，也說得懂生活的一切。

後來，我想到了一個可以幫助洋洋練習組合片段記憶的方法，就是讓他重複練習一些自己剛完成的事，這樣可以讓他回復記憶，也可以練習句子。我心想，這個方法對他的語言訓練應該會有助益，突然覺得挺開心的。我想我們需要自己創造更多的小智慧，不論對孩子、家人都是如此。

洋洋每天早上出門，都要為了穿襪子和鞋子搞上老半天，因為他總是十分不專心，又沒耐心做這件事。有天早上出門前，洋洋又因為穿襪子和穿鞋子搞了好久，過了好幾分鐘都還沒穿好，只是東張西望，因為好幾天都這樣了，我忍不住又大聲責罵了一下：

「請你專心一點，每天上學你都不認真穿襪子和鞋子，再這樣你就留在家裡好了！」

由於我們要趕著出門上學，真的無法悠閒地慢慢等他。洋洋一面哭哭啼啼，一面把襪子、鞋子穿好。

天空下著雨，我們搭小黃到學校，司機放著愛樂電台的音樂，我跟他練習了一下早上發生的一些事。洋洋因為早上我對他發脾氣，心情似乎也有些低落。

到了幼稚園門口，因為開門的老師晚來，等了一會兒，過了不久，洋洋小熊班的老師來了，只見其他孩子們親切地叫著老師，洋洋則小聲叫著老師的名字。後來老師開門了，不知為何，洋洋眼眶竟然濕了，哭著跟我說再見。

「怎麼了？」我問他，而他只是抱了抱我，還是哭著。

平常的他總是開心地和我說再見，我一時之間不知道他為何難過，但頓時間，我感受到這個看似大剌剌的孩子，心中其實也隱藏著我們所看不見的細膩。憂鬱的天空仍下著雨，洋洋問著我：

「爸爸，那裡有一隻大象嗎？」

下午去接洋洋時，問了他：「今天早上為什麼哭？」他沒辦法用言語完整地說清楚他的心情，只用了一句「因為我喜歡爸爸」來表達，我聽了只想大大擁抱我可愛的寶貝。

對於洋洋的許多要改進的地方，我們常常基於自己生活的步調來要求，在這些步調中，他只能配合著我們，不然免不了就會產生情緒，對我們也是，對他也是。有時朋友看到我寫自己對洋洋的態度，總覺得我不夠為孩子設身處地著想或是太嚴格，但生活中有許多狀態，外人無法真正地了解。我又何嘗不希望可以慢慢地處理這些事情？然而現實生活中就不是這個樣子，我們必須去面對，也讓孩子知道父母會這麼做的原因。成為最了解自己孩子的父母，也培養一個了解父母的孩子，彼此之間的四手聯彈，不會是最美妙，但卻可以找出最合適的間奏。

只要願意懂孩子、傾聽孩子，即使他說的話，只有我們能懂，但都是我們之間最美的密語。

原來你是英文作業系統？

洋洋雖然中文的語言學習較慢，但是卻一直對英文充滿興趣。從很小的時候，他看到英文字母就很喜歡，不知他是不是喜歡它們的形狀，或是聽起來的聲音呢？當我們念給他聽時，他也會開心地跟著我們念了起來，比起中文的語言，他對於英文的學習似乎更像是他的母語一樣。

我曾經跟朋友分享過這件事，他用了一個說法，我非常喜愛。他形容洋洋可能是英文的作業系統，不是中文的，真是好美妙又有創意的說法。試想，是不是每個人都有一套適合的作業系統呢？我們有時是不是也被強加灌上或是幫孩子灌上不

適合自己的作業系統呢？

雖然知道洋洋喜歡英文，不過我們其實並沒有特別多訓練或是加強他的英文，只是偶爾看看巧虎的英文學習CD。但他對英文都很好奇，看到英文總會主動地詢問那是什麼意思？

洋洋三歲多時，有一次帶他去台東好友家住，他就驚人地展現了一次他喜愛英文的興趣，連教英文的好友也大吃一驚。看到了餐桌上的一個圓形餐盤，洋洋突然說起了英文：「Circle。」

好友聽到有點吃驚，接著又拿了一塊長方形的桌巾，問洋洋那是什麼形狀，英文怎麼念？

他竟也馬上就把長方形的英文單字rectangle給念了出來。

我在旁邊也有點吃驚，因為平常我們也沒什麼在練習，他可能是看巧虎時自己學的。看他那麼爭氣，我就故意拿了一個三角形的東西考他。

想不到，他連這個我們不太會的單字triangle也說得出來，真是厲害。

有時在馬路上等公車時，洋洋看到很多停在紅綠燈前的摩托車，會說：「爸爸，好多scooter。」或是：「好多bus喔。」真會用呀，我們英文的生活應用真是遠不如他了。

記得洋洋剛去上家附近的私立幼稚園時，標榜雙語課程的幼稚園有英文課。彼時，三歲的他是一個無法和同學一起學習或互動的人，他常常一個人在旁邊玩自己的東西，甚至發出聲響打擾到別人遊戲的進行。但老師告訴我們，就唯有在英文課，洋洋可以特別專心聽老師說，並且認真參與課程。

這讓我想起了自己在學校教書時，常看到有一些學生，上課時無法專心地聽課，總是在做自己的事，無法融入學習。我總在想，這不能完全怪他們，因為可能是我上課太無聊了，另外就是，我想到了洋洋上課時的狀況，因為他們不喜歡也不擅長這些科目，要提起興趣當然有所困難。

台灣的國際大導演李安在成為大導演前，經歷過了很多人生低潮和挫折，但他始終沒有放棄自己所愛的電影，最後他的才華才得以整個被釋放出來。李安高中聯考數學考了零分，他當高中校長的老爸簡直難以置信，如果他之後的道路被硬逼著升學或是念書，我想他現在可能只是個平凡的公務員而已。但他曾經說過，他覺得自己很幸運，因為他是一個被放對位置的人，身邊的人也願意支持他的夢想和相信他有屬於自己的位置，那個抽屜剛剛好是適合他的位置，他也能恰如其分地放在裡面，盡情地揮灑。有許多人也許被迫放在不適合他或是很勉強的位置，只能一直被禁錮著。

每個人都應該有一個屬於自己的作業系統，那都是獨一無二的，不論是大人或是小孩，都渴望並找到那個作業系統，硬被強灌的系統只會bug不斷而已。身為父母，找尋到自己孩子的作業系統，才能打開那把隱藏的金鑰。

天生浪漫

洋洋的注意力一直很不集中，以至於不論做任何事或是跟他說任何事，總是要一而再、再而三地提醒他，叮嚀他。有時候，他只是穿襪子或是鞋子，就要搞老半天，因為他會東張西望的，一下子看到別的東西就忙著關心別的，一下子聽到什麼聲音就問起那是什麼，常常邊穿襪子或鞋子，一邊開心地哼著歌，光是穿個襪子或鞋子就要好久。

記得他剛去幼稚園時，這個情形更加明顯，所有的同學要進教室或是出教室，都已經穿好鞋子了，但他老兄卻永遠都是最後一名，還得老師一直提醒他，甚至倒數計時，他才可以稍微快一點。還好幼稚園的老師比我們有耐心，有時在家，我都忍不住要大聲地催促他，甚至還會罵他，因為實在練習很久了，但他做同一件事卻仍總是三心二意。

在幼稚園裡，剛開始對於排隊這件事也是一樣。

老師說，一開始洋洋在隊伍裡，因為實在太容易注意到周遭的事物，總是很難好好排隊，常常走一走，就被別的東西吸引走了。有時他發現了什麼，像發現蝴蝶或飛機（他喜歡注意飛行的東西），就會在隊伍裡大叫著：「有蝴蝶！」「有飛機！」還好洋洋遇到了懂他的老師，並沒有因此大聲斥責他，反而跟同學說：「洋洋發現了蝴蝶和飛機耶！」大家開心地看一下，結束後，再跟洋洋說排隊的規矩。慢慢地，他也知道排隊的規矩了，真是謝謝老師。

洋洋真是具有詩人個性的小孩，容易被周遭任何事物吸引，就跟隨去了，實在需要懂他、包容他的人，不然只會被當作不守規矩的小孩。

在外面走路的時候，洋洋也是十足的詩人性格，但卻總讓我們提心弔膽。他總是東看西看，為一切外在的事物所吸引，常常都已經忘記在走路這件事了，甚至常常跌倒。在車水馬龍的大都市，這樣詩人的個性實在很不適合他，有一次，他看到蝴蝶，高興得追了過去，結果一輛摩托車騎了過來，差一點就撞到他，真是嚇死我們了。

洋洋喜歡在路邊看車子，可以坐在公車亭的椅子上良久，看著一輛輛有著不同號碼的車子，親切地叫著它們的號碼。有時甚至我覺得他看著車子，再一一念著它們的號碼或顏色，像紅色284、藍色51、綠色287，一連串地念著，看到什麼就念什麼，那種節奏與狀態，就像是法國哲學家羅蘭巴特的短詩。

聽說詩人有很多固執的一面，他們對於一些事情有莫名其妙的堅持，不知這是不是一種詩人的傲骨？像是他對衣服有莫名的堅持，有時一些衣服他堅持不要穿，但同一件衣服可能在某些情形下他又喜歡穿著，我們完全不知道他的點在哪裡。

玩車子也是，他很討厭裝電池的車子，不喜歡車子自己動，他想要自己操縱它們，有自己玩車子的固定模式，不允許任何人去破壞那個規矩，我不知道是不是詩人也有某種程度的控制欲？

其實在日常生活中，對於洋洋這樣注意力不集中和固執的特質，我們常常有著彼此的情緒存在，不可能如此優雅地看待，有時我和老婆甚至會氣得半死，明明就在趕時間，但他老兄卻還在慢吞吞地穿鞋子、挑衣服、看風景。但能夠如此漫不經心、彷彿什麼事都不重要、這樣浪漫的個性，有時想想，真是令人羨慕得要命。只不過，生活在現實世界裡，實在沒辦法讓他一直保持這樣的個性，不然實在什麼事也做不完。儘管我們只能笑著自嘲像這樣的孩子有著天生浪漫的詩人性格，但他終究得回到現實世界裡，我們則必須成為那座橋梁。

不會玩遊戲的男孩

洋洋這樣的孩子，對於互動式的各種事物能力都較薄弱，這種問題在玩遊戲時更加明顯。他剛上幼稚園時，我發現他無法和一般小孩玩遊戲，雖然有同學找他玩，但是因為他無法了解遊戲規則，或是都在和別人雞同鴨講，別人往往就不再找他玩了。彼時，他的語言發展還很弱，所以無法和別人玩遊戲是正常的，不過那時我原以為只是語言的問題而已，後來才發現並不只是這樣。

當洋洋的語言發展慢慢進步後，也慢慢可以和別人進行遊戲，但是問題並沒有解決。我從很久以前就開始跟他玩剪刀石頭布的簡單遊戲，但是對洋洋來說卻困難重重，他一直無法理解誰輸誰贏的問題。他總是開心地玩著這個遊戲，但他永遠都開心地只出「布」，沉浸在自我的情緒裡面，不管這個遊戲的規則，我們教了好久，終於才讓他知道剪刀贏布，但可能下次又忘了，輸贏的概念對他來說好像很遙遠。

有一次放學時，我去門口接他，看到他與其他小孩開心地玩耍，他們在玩講悄悄話的遊戲。只見其他同學輪流把手摀在別人的耳朵旁邊，輕聲細語地傳著第一個人講的話，不讓別人聽到。

等到別人把話傳給洋洋了，他要對下一個人說的時候，也依樣畫葫蘆地用手摀著，但是卻超級大聲地在別人耳邊說著所傳的話：「今天太陽好大！」害那個聽他說話的同學，忍不住用手遮了一下耳朵。

講完之後，洋洋覺得很好玩，自己哈哈大笑起來，當然遊戲也玩不下去了，就此打住。

老師和同學並沒有因為洋洋這樣破壞遊戲而露出不悅的表情，甚至覺得他很可愛。但是看到洋洋對遊戲的互動薄弱，我還是覺得有點難過，長大後，這樣的小孩可能就會被討厭、被排斥，他們不是不遵守遊戲規則，而是他們的遊戲規則不在我們的方程式裡。

我和老婆在家會和洋洋玩躲貓貓和鬼抓人，希望可以增加他對遊戲互動的概念，但每次玩下來都讓我們哭笑不得。洋洋當鬼時，知道要數數來抓我們，但他並不知道抓到我們就贏了這件事；不過如果換我們當鬼，去抓他，他就會直接大方地大聲說：「我在這裡。」他覺得這樣很好玩，總是一路狂High，遊戲的過程一直在笑。他不管輸贏，不管遊戲規則，只希望我們抓到他，然後就哈哈大笑，沉浸在自己的遊戲規則裡。

帶洋洋去公園玩時，偶爾會有其他小朋友來問他要不要玩遊戲，但總是很快就跑掉了，因為除了像我們這樣親近的人，否則洋洋不太會仔細地聽別人說什麼，所以有時一些小孩問他問題，他可能會雞同鴨講，或是大聲地用一種奇怪的語氣回答別人。

有一次，一個清秀的小姊姊主動來找洋洋玩，問他要不要玩鬼抓人，我不知道洋洋是不是因為自己不會玩或是什麼原因，一直不回答，小姊姊又有耐心地問了兩次，洋洋還是不回答。直到最後，那位小姊姊覺得自討沒趣要離開了，洋洋才大聲地和她說：「我—不—要—玩。」

要是我是那個小姊姊，聽到洋洋這樣回答，早就走了，但那個女孩很有耐心，竟然還繼續問：「那你要玩迷宮嗎？」

洋洋點了點頭，就跟著那個小姊姊去玩了。看到這樣的小女生，我覺得很窩心。

我看到洋洋跟著那個小姊姊一起跑著，不時，小姊姊會回過頭來和他說一些話，應該是說任務之類的吧，但洋洋都不看著對方，我也不知道他有沒有在聽。

後來小姊姊好像說，我們來玩迷宮的遊戲吧。但是當她跟洋洋說話時，洋洋只是看著溜滑梯上的迷宮地圖不斷地重複說著自己的話，小姊姊發現他好像沒在聽自己講話，就跑掉了。

過不久，一個年紀更大的姊姊來了，想要找其他小朋友一起玩，那位可愛的小姊姊又回來找洋洋，問他要不要一起玩。洋洋又是想了好久（當他在想的時候，那位小姊姊竟然也耐心地等著他），然後點點頭說好。

只不過，那位更大的姊姊好像也發現了洋洋的問題，因為當別人在講遊戲規則時，他不是也在說自己的話，就是三心二意地看旁邊發生的事，於是她告訴其他人，不要讓洋洋玩。洋洋只好回來找我。他沒有難過的樣子，只是跟我說：

「姊姊說，不要讓我玩。」

從頭到尾我看到了這些過程，不免還是覺得有點心酸。對，這就是現實的世界，一般人沒有理由要了解你或是同情你和其他人不同，尤其小孩的世界更是如此，那是弱肉強食的世界。

回到家，我和老婆說了玩遊戲發生的事，她忍不住又難過了起來。

我知道像洋洋這樣的孩子，我們必須花比別人更多的時間與力氣，才能夠讓他了解一些對於一般人來說輕而易舉的事情。儘管我明白他們世界裡的規則其實和我們不同，有時甚至覺得像他們這樣說不定更好，但我也明白，孩童有太多現實世界的殘酷與事實，我們仍需要想辦法讓他去懂這些規則或是遊戲，進而才有辦法建立人際關係。我們無法保護他或是跟隨他一輩子，我們有義務去幫助他建立一些東西，因為我們沒有權利請別人義務去了解你。

「Welcome to the real world.」有時看到一些事情，我總是想起《駭客任務》裡的這句話。世界上的規則並不是唯一的，我們必須讓自己的孩子理解這件事情；同時，也必須讓孩子知道有些規則我們無法逃離，那是生存之道。

我們只能努力地一步步把這些交給我們親愛的寶貝，不要去抱怨別人不懂你，我們沒有像李歐這樣的救世主，因為這是現實世界。

但也別忘了，這些孩子與眾不同、最純真美麗的亮光。

世界上最美的音樂

我和老婆是很喜歡聽音樂的人，我們喜愛聽迷幻搖滾和電子樂，也喜歡用CD來聽音樂。孩子小的時候，因為我們怕音樂太吵會吵到嬰兒，所以不太常在家裡放我們喜歡的音樂給孩子聽。但從洋洋三歲多開始，我們就常常在家裡放起喜愛的音樂，特別是每次在房間要換衣服出門的時候。

洋洋漸漸習慣我們喜愛在房間裡聽音樂，他接受度很高，竟也開始享受這些音樂，而且馬上就有自己的主見和想法。有一張他很喜歡的專輯，「海灘小屋」（Beach House，一個巴爾的摩樂團）的《綻放》（*Bloom*），因為這張CD的封面設計有著許多白色點點，洋洋稱它為「洞洞」，有陣子，只要我們想放音樂，洋洋就會說他要聽「洞洞」。他很喜歡這張專輯的封面，還會問我們要不要一起進去洞洞裡，會反覆地一直翻閱著，好像真的要找進去的入口，實在很好笑。除了這張專輯，像是法國電子團體「M83」的音樂，他也很喜歡。

我們其實不常聽古典音樂，不過這些音樂喜好，直到他遇到了莫札特，就開始完全大轉變了。

很多家長喜歡給自己的孩子聽古典音樂，覺得那對腦部開發很有幫助，其實我們並沒有特別信這套，所以大多只是聽我們自己愛聽的，時而搖滾，時而電子，偶爾還會聽點古典樂，並沒有刻意讓洋洋聽古典音樂，但他一開始卻還挺喜歡巴哈的，雖然常常聽一下就不聽了。

後來變成了小小莫札特迷，真的是一種巧合。有一部以古典音樂和藝術為內容的卡通《小愛因斯坦》，這個卡通內容其實我想不算是一般小朋友會喜歡的，故事劇情和人物也比較單調，但是洋洋卻出乎意料地喜愛，最大的原因是裡面有古典音樂的演奏。

記得一切就是從莫札特的〈第十三號小夜曲〉開始的，自從聽到卡通裡這首莫札特的音樂後，洋洋就一直念念不忘，我只好趕快去問懂音樂的同事，那首耳熟能詳的曲子到底是莫札特的那一首歌。《小愛因斯坦》每一集都會播放不同的古典音樂，像是葛利格、貝多芬、韋瓦第、柴可夫斯基、比才、巴哈等音樂家，但洋洋卻總是十分獨愛莫札特。

洋洋喜愛莫札特的小夜曲系列與鋼琴協奏曲，喜歡到每天總是賴床哭鬧不肯起床上學的他，竟然只要放莫札特的音樂，他就會自動哼歌起床，太神奇了！可惜持續力不久，後來又繼續賴床，不過他為了莫札特肯起床，也算給足莫札特面子了。

只要一聽到莫札特的音樂，洋洋就好像指揮家上身一樣，不但專注聆聽著音樂，還手足舞蹈地揮舞著手臂，樣子陶醉萬分，讓人看了還以為是指揮家卡拉揚上身呀！問他為什麼喜歡莫札特？他就會說，因為莫札特是他的好朋友。

洋洋愛莫札特的情形不但在家裡如此，後來我聽老師說才知道，因為有一位老師的手機鈴聲剛好是莫札特的音樂，洋洋聽到那個手機鈴聲，馬上跑去問老師：「那是莫札特的音樂嗎？」老師才知道原來他喜歡莫札特。從此以後，每當洋洋告訴老師說他想聽莫札特的音樂，老師便會放一首莫札特的歌給他聽，他就滿足地離開了。

我和一位學音樂的同事聊天，聊到這麼小的孩子竟然如此喜愛莫札特，都覺得很有趣，因為莫札特是我們都不喜歡的音樂家，他的曲子聽起來如此歡樂，然而事實上他卻是個不快樂、被壓抑的天才。但從洋洋喜愛莫札特的音樂類型來看，那份音樂的歡樂與純真，很可能正是他如此喜愛莫札特的原因吧！

繼喜愛莫札特之後，洋洋也開始喜歡韋瓦第。只是，每次開車出門要放音樂時，這卻成了一個困擾，因為就只能聽莫札特，偶爾還可以聽聽韋瓦第，我們想聽什麼

其他音樂竟然都不行，他會在車上大哭著說：「我要莫札特！」真是傷腦筋呀。我們只好不斷陪他一起在車上聽莫札特的音樂會，有時聽著聽著就想睡覺了。

有一次去住朋友家，朋友家裡有鋼琴，洋洋看了很喜歡，一直想彈，朋友有耐心地簡單和他玩了一會兒。這麼接連玩了兩天的鋼琴，後來他竟然用單音階創作了一首小小的曲子，我真是要叫他小小莫札特了！對於沒有音樂天分的我來說，簡直是佩服不已。

我不知道洋洋會喜愛古典音樂和莫札特多久，當然，我們也不會自我膨脹地就以為他有什麼過人的音樂天分，但我知道他喜歡音樂，他喜愛唱歌，他喜歡跟著音樂旋律搖擺，他能享受這種世界上最美的語言，就已經足夠了。

除了去聽M83的演唱會，我也開始幻想有一天，我們一家人坐在國家音樂廳一起聆聽古典音樂會的畫面了，然後洋洋站起來，在大家面前指揮起來。

聆聽想像

每個孩子都有不同的喜好，這可以反映出孩子的性格。在洋洋很小的時候，就可以感覺得到，他是個好惡分明的孩子，喜歡的東西很喜歡，不喜歡的東西就會引發他不好的情緒。

這種個性，後來顯現在洋洋很多的習慣與喜好上面。吃飯的時候，他不喜歡白飯加雜著其他的食物，他喜歡白飯、白麵，其他的食物他會分開吃，不喜歡它們都混在一起。另外，不論是在穿衣服、玩玩具等方面，都能發現洋洋很不喜歡東西混雜在一起。搭捷運的時候也是一樣，只要車廂外包著廣告的車子他絕對不坐，他只要坐車子有原本樣貌的車廂。他總是喜歡比較單純一點的，很有趣，後來慢慢知道洋洋其實有亞斯伯格特質時，我就會聯想到，不知是不是這樣的孩子都特別喜愛單純的事物？

不知道他們是不是更有著純粹心靈的孩子？

四歲多的洋洋，比起一般同齡的孩子，還不太懂故事的邏輯，也因為不太懂故事書，每次念給他聽，他都不太能理解，所以他有點排斥看書，總喜歡看只有交通工具的書，我們還在慢慢教他如何看懂故事。

不過，洋洋卻還是喜歡看卡通的，只是我們也發現他喜愛卡通的點和我們想的有點不同。他不是因為故事劇情而喜歡卡通，往往是因為裡面的角色而喜愛。對於有故事性的東西，他比較不懂，總需要大人有耐心地帶著他，他才可以稍微理解故事的邏輯。

他很喜歡一部叫《企鵝家族》的卡通。這個卡通是講一群可愛企鵝的故事，裡面的對話全是聽不懂的企鵝語，但是裡面的企鵝表情和動作很誇張，洋洋每次看到都哈哈大笑，還會一直學裡面企鵝的動作。

另一個他非常喜愛的兒童節目就是《天線寶寶》。我記得以前沒有孩子的我看過《天線寶寶》，當時曾經心想，這麼無聊的節目有人會看嗎？就四個不知在講什麼話、長得有點奇怪的天線寶寶發生一些事，然後重複一些情節，看起來實在有點無聊耶！沒想到我自己的孩子這麼喜愛天線寶寶，每次都看得好開心，還會一直學裡面的動作。

有時出門在外，洋洋會突然來一句「天線寶寶出來了」，或是「天線寶寶要說再見了」，讓身邊的人覺得莫名其妙。其中有幾集的劇情，他特別喜愛，所以還會想到就突然演了起來。比如有一集，幾個小朋友一起用紙板做動物，洋洋在外面玩的時候，會突然對旁邊的人說：「我們一起來做動物。」還曾經因此嚇到一個小朋友。

洋洋喜愛的這些卡通有著一些特點，就是角色看起來都很好笑，另外就是他們總是說著我們聽不懂的話，可是他們卻很吸引洋洋這樣還看不太懂故事的孩子。

我很喜歡宮崎駿的動畫，曾經想過有一天和自己的孩子一起看著自己喜歡的宮崎駿卡通，討論著裡面的人物，甚至踏上宮崎駿故事的旅程，所以當我放《龍貓》給洋洋看，見到他如此喜愛時，我好開心。雖然他喜歡的點比較不同，他對於劇情還不太了解，但是他好喜歡小梅和龍貓誇張有趣的表情，總是不自覺地模仿著，甚至學小梅與龍貓尖叫。他開始不斷地叫我們重複地放給他看。

日本心理學大師河合隼雄曾經說過，小孩子是可以打開靈魂的鑰匙，這也就是為何龍貓裡只有小孩可以看到龍貓。當洋洋看完《龍貓》後，坐公車或看到貓時，都有了不一樣的反應，他張著大口說，龍貓公車來了。

我相信孩子可以看到與幻想許多我們看不到的東西。《龍貓》裡的父親對於孩子的幻想總是抱以相信或是探索的態度，這是過去我看《龍貓》從未注意過的地方，因為現在我的角色已經是父親了。

洋洋現在雖然還沒學會看故事的邏輯，他注意到的東西也和我們有所不同，但我已經開始幻想著，走在往東京三鷹的宮崎駿美術館的風之散步道上，洋洋對著美術館的公車大叫著：「爸爸，有龍貓公車耶！」

我不知道洋洋何時才能比較學會了解故事，看得懂故事，但是不管如何，他有他自己的故事邏輯，他有他自己獨特的、與我們不太一樣的觀點。我願意和《龍貓》裡的父親一樣，聆聽孩子的想像，相信他，並和他一起去追尋，一起等它出現。

正義使者的化身

長大之後，慢慢會發現，世界有很多價值都不是二元的，很多事情都處於模糊地帶，並不全然只有對錯之分。有時候對的事情，我們卻未必遵守；錯的事情，卻可能是大多數的人常做的。我想，或許是我們自己的價值觀都慢慢被磨平了吧，也愈來愈世故吧，讓自己變得愈來愈沒有原則，愈來愈不像自己，愈來愈懦弱；對於一些可以不顧別人的看法、大聲說出想法的人，我們總是打從心裡佩服。

在洋洋身上，我似乎也漸漸看到了這一點的存在。

洋洋比較小的時候，因為語言還沒建立，和別人的互動還很薄弱，我並沒有發現。

一直到他的語言進步許多了，和同儕之間也開始有互動了，慢慢發現他有這樣的特點：在外面和其他小朋友玩的時候，他會當起糾察隊，一直不斷地管別人。雖然這樣也是有互動，但是愛管別人的習慣，卻讓別人不太容易或不太喜歡跟他玩。

家附近有一個遊樂場。那個遊樂場的溜滑梯，樓梯有一點點破損，所以一直用黃色的布條稍微圍了起來，不過，因為破損的地方很小，雖然被圍了起來，大部分的小朋友都還是會爬上去。

但是這點在我們家洋洋的眼裡，卻是十分不對的事，他知道圍起來就是危險的意思。我記得好幾次，都出現了這樣的畫面——洋洋指著正不守規矩要穿過黃色布條的小朋友，不斷大叫著：「你們不可以走這裡，危險！」

有一次，有一個比較小的孩子，就在布條前面和洋洋爭論起來，其實看起來有點好笑，因為兩人都在各說各話。最後洋洋氣不過，竟然用了巧虎裡面常用的錯誤

「叉叉」手勢告訴對方這是錯的。

有時遇到比較大的孩子，洋洋也是不怕死，一樣直接用手指著對方大叫：「你們不可以走這裡，危險！」

有一回又遇到這樣的情形，對方是個大男孩，他瞪了洋洋一眼，但洋洋好像沒什麼感覺，繼續指著對方的不是。我怕洋洋可能被揍，連忙跑過去叫他。

「洋洋，爸爸知道那個壞掉了。你是不是覺得別人都不乖，一直走過去？」

洋洋點點頭。

「可是那個看起來好像沒有危險，所以你不要管別人，玩自己的就好，好不好？不然別人會討厭你。」

洋洋繼續點點頭，說：「好。」

雖然如此，但是等到下次再去玩的時候，他又會忍不住管起了別人。唉……

記得有一次，我們帶洋洋去一個音樂教室上課。上課的過程有點混亂，老師在前面帶大家唱遊時，有一些小男生不守規矩地搗蛋。本來在聽老師唱歌的洋洋，又開始管起了他們。他指著調皮的小男生說：「你不可以吵，你要安靜。」

當然，那些小孩根本不理他，甚至還罵回去。好笑的是那些吵鬧孩子的家長也都在現場，竟然沒有人去阻止自己家搗蛋的小孩，所以場面愈來愈混亂。

看那些小孩不理自己，洋洋一直跟老師說：「老師，他們不乖，他們一直吵。」然而，老師好像也沒辦法處理。

結果，整堂課洋洋都沒在上，不斷忙著管別人，就這麼度過了那堂吵鬧的音樂課。

下課後，我們把他叫到身邊，跟他說：「以後我們不要去管別人了，先做好自己的事就好。他們不乖，有別的大人會管他們。」不過，不知道洋洋會不會在心裡OS：「可是那些人的爸爸媽媽都不管他們呀！」

當我們這麼講，洋洋總是說好，但是等到下一次，不知道他的「正義超人」是不是又會附身在他身上了？

我跟老婆說，其實每次洋洋管別人時，那件事都是對的呀！他很清楚什麼是對的、什麼是錯的，所謂的「模糊地帶」對他來說好像是有點困難的，他不能理解為什麼有小朋友不遵守那些事情，所以總是當起正義使者，開始糾正起了別人。

我本來一直在想，洋洋會有這樣的習慣，是不是因為與周遭人際之間的接觸不夠多？雖然常常跟他說盡量不要管別人，可是一等到發生不對的事，他的正義感就又會上身了。

在洋洋四歲，進行第二次早療評估的時候，我特別問了心智科醫生這些問題。醫生則笑笑地跟我說，如果真的是亞斯伯格的孩子，的確有點難以自我控制不去管別人，因為在他們的世界裡，有

些規則是很清楚的，不允許有模糊地帶，只能慢慢教他如何學會控制；而從洋洋平常的一些習慣來看，他的確有不少疑似亞斯有的特徵。

雖然我們早就了解了這些事實，但是當醫生愈清楚地跟我們說明時，我們卻愈覺得未來還有更漫長的路要走。

記得小時候，我們對於對與錯，總是很清楚，我們知道紅燈不能走，綠燈才能走，我們知道有危險的地方被圍起來了不能去……但是長大之後，這些對與錯的價值卻都慢慢模糊了、消失了。我們常常遊走在對與錯之間，並義正辭嚴地說著自己的歪理。

看到洋洋總是當起正義使者，已經社會化過頭的我們，都知道這樣只會被人討厭或不喜歡，但是那些事情又明明是不對的。只是這種價值觀與社會化的矛盾，該如何正確地告訴孩子？等他更長大之後，發現世界上的許多真相並不是他想像的那樣，他仍會繼續扮演正義使者來伸張正義嗎？還是能學著以模糊的眼光來看待呢？不過我想，這個世界上能夠不顧慮別人的正義使者，應該已經慢慢是稀有動物了吧！這個世界的價值對錯已漸漸模糊，正義使者更應該有存在的目的吧！

我想趁他還小，還是讓他繼續當他的正義超人吧。相信有一天，他終究會慢慢地拿捏出心中「正義使者」出現的完美時刻。

因為愛，我們更需彼此了解

小的時候，父母最常用的方法就是打罵教育，因為爸媽忙碌，總是沒有時間和心力可以去和我們多解釋或了解我們的想法，當我們做錯事時，用打的、用罵的，就可以獲得最快的解決方法。

國小、國中求學時，也是一樣，常會碰到做錯事就會打人的老師，當時一個班級

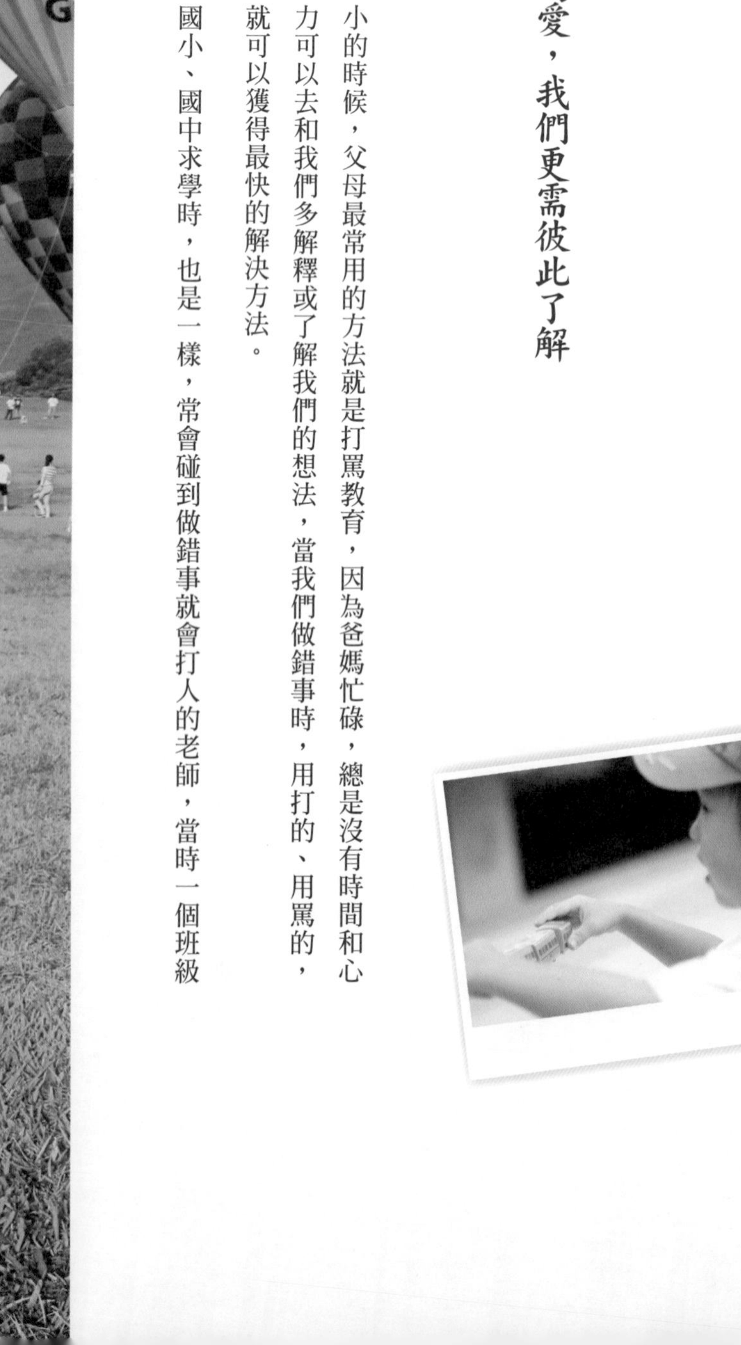

NAN SHAN
NAN SHAN

有接近五十個小孩，老師不太可能去聆聽孩子的想法和聲音，打罵總是最有效率的管理方法，但我仍痛恨這種方法。記得國中時，我碰到了一、兩個我們俗稱為打人近乎變態的老師，他們以不合理的方式來打人或懲罰人，學生們都很討厭又痛苦，我們不知道這樣做對他們的好處到底是什麼？

或許是因為從小耳濡目染這些事情，雖然我們明明就很痛恨這樣的方式，但有了孩子以後，當孩子犯錯時，我們仍會直覺想到用這樣的方法來解決，似乎在很多時候，我們都莫名地變成那個我們所痛恨的人的樣子。

洋洋很小時，因為不太會說話，有時很難溝通一些事情；等到大一點快三歲的時候，我覺得有些事情洋洋應該要懂了，但有時我跟他講了很多次他要做的事，他都不做，我就以為他是故意的，曾經有幾次，我動手打了他，希望他知道自己錯，他哇哇大哭起來。

後來，在知道他其實有語言發展的問題時，我相當自責，他是因為聽不懂、不了解我的意思，才無法做到的，而我是因為不了解他才動手。我感到慚愧與懊悔，身為父母，卻連自己的孩子都不懂。

我自己也是教育工作者，在班上，有一陣子，有一個學生A常常和別人發生衝突，故意去捉弄別人卻又不承認自己的錯誤。以前的我，可能會先直接處罰他再跟他講道理。但是自從洋洋的事情之後，我懂得了解是化解衝突最佳的方式，後來我嘗試著去了解這個學生的動機，才發現原來他總把這些捉弄別人或惹別人生氣的行為視為一種遊戲，他只是想和別人玩，但卻方式錯誤，反而讓別人更不喜歡他。

A與班上另一位同學B常常發生一些衝突。A常去惹B生氣，B的脾氣剛好又很差，所以往往會造成一些小爆炸。我覺得很困擾也不解，為何A老是要去針對B？我不太會嚴罰A，所以問A，他大部分都能告訴我他的想法，他跟我說，因為他覺得好玩，他看到B很容易生氣，就想去逗弄他。其實他也想跟B交朋友，只是他以為這樣別人就會注意自己，因為他真的不懂如何和別人做朋友，總覺得好玩就好。

了解了他的原因後，我才慢慢教他該如何正確地與別人玩，如何和別人交朋友才是正確的。每次只要他再犯錯，就會先聽聽他的說法和原因，並請他和對方說出

自己做這些事的原因，讓雙方盡量了解對方的想法，我相信這是化解衝突的第一步，然後才能去同理或是試著站在對方的立場著想。

久了之後，這位學生慢慢也改變了，願意試著去了解別人，也去感受別人對他的不喜歡（以前他都不太知道別人為何不喜歡他）；原本常常被他惹火而直接反擊或是動手的人，也慢慢知道他並非惡意的，而只是想交朋友。了解對方才是能化解衝突的最佳方式，身為小學生，很少人是故意想和他人衝突的。後來A和別人衝突的機率也變得低上許多。當然，如果我們只堅持己見，不去了解對方，衝突永遠無法化解。

身為教育者，我們教學生不能用任何暴力的方式解決問題；對我來說，我也不斷地告訴自己必須如此。不是說他是我的孩子，所以我想要怎麼樣都可以，即使孩子還很小，但我相信他是獨立的個體，孩子也應該有基本的人權，我們父母不是擁有他的人。

語言是看似了解對方想法的重要途徑，但孩子很小時，或是像我們的孩子到了一般小孩都很會講話，他能用的語言卻還很少的時候，我們要如何用語言來達成有效的溝通呢？這件事好像變得不是那樣容易。

語言真的是唯一的溝通工具嗎？我慢慢發現到那不是唯一的答案。為何父母在孩子很小的時候，就可以知道孩子肚子餓或是不舒服？他們不會說話，最重要的原因在於父母能夠細心地觀察與嘗試，並得到這些經驗。那麼，為何父母願意如此細心地觀察與嘗試？正因為那份親子之間超越一切的愛存在著。

我們和孩子之間的情感是世界上獨一無二的，沒有任何事情可以取代，只要我們有這些愛的存在，語言的溝通絕不是唯一或是最重要的方式，有時真正的溝通往往超越了語言；只要我們願意站在孩子的角度去理解他做的每件事，而不再只是用我們自以為是的方法和角度來看待孩子。

因為有愛，我們更應該彼此了解，用各種方式讓對方理解或是理解那個我們所愛的人，這才是愛，不是嗎？

愛之卷
你教我
的旅行意義

城市的浪漫飛行者

一直以來，我都覺得旅行一定要有個目的地，最重要的目標就是抵達那個目的地後才開啟的風景；至於如何抵達或是過程，常常會希望愈快愈好，不要浪費時間在那上面。

但是有了洋洋之後，因為他的偏執，才一巴掌打醒了我——其實旅行的意義，有時並非我想像中那樣。

由於洋洋對捷運、公車、火車和電車的狂熱與偏執，對他而言，出去玩，最重要的並不是我們要去哪裡，而是我們要坐什麼樣的交通工具。他總是會問我們：

「我們今天要坐什麼車？我們今天要坐公車換捷運嗎？我們今天要坐火車嗎？」

至於要去哪裡，似乎一點都不重要。

後來我們也學習到了用他這樣的偏執與喜愛，做為讓他多練習說話和互動的籌碼與獎勵，也頗有成果。因為他喜愛，所以會持續地和我們說話與互動，語言的能力，因為愛坐這些車子的關係，真的也愈來愈進步了。

我常說洋洋是天生的城市漫遊者，因為他總是沒有目的地，享受在車上的許多時光。

還記得洋洋本來最喜歡捷運和電車，但後來卻漸漸更愛公車，最大的原因是——每輛公車都有一個編號，而洋洋很喜歡數字，所以每當看到不同的公車，他就開始念著它們的號碼，親切得像是在叫朋友一樣。

但是洋洋坐公車，也真的像是在挑朋友，總是想挑選自己喜歡的數字公車坐，這就很令人困擾了。有時在站牌，他看到某一輛想坐的公車就想直接上車了，問題是，我們常有要去的目的地，沒辦法隨便上車呀。有的時候他會因此而開始大哭大鬧，讓我們傷透腦筋。

的確，這些在路上奔馳的魔幻數字，本來應該造成我們困擾或是浪費時間的，但心念一轉，我們的態度也跟著改變，只要和洋洋出去，我們就把時間這件事「關掉了」。我們也願意和洋洋一樣，享受著這沒有終點和起點的公車旅程，想去哪裡就去哪裡，想坐哪一輛就坐哪一輛，沒有任何的時間限制，一直陪伴著他在旅途中。

這些公車數字成了我們走在路上的一種樂趣，洋洋會開心地一輛輛點著名，然後我們就隨性地搭上被他指定的車子，開始在城市裡漫遊。我們更學會了旅行的意義在於旅途的乘坐本身，目的地早已不重要了。

也因為孩子，我們成了城市裡的浪漫飛行者，沒有目的，沒有時間，只有陪伴與享受這些無盡的時光。

乘著大眾交通工具去冒險

發現洋洋對大眾交通工具的熱愛，大概是在他兩歲多的時候。彼時，洋洋還不會說什麼話，但是只要帶他去坐捷運，看他手舞足蹈的模樣，就可以知道他有多麼熱愛捷運。

但是他對於交通工具的固著也開始產生，並困擾著我們。由於兩歲多的洋洋太愛捷運了，只要一進到捷運站，幾乎都不想出站了。對他來說，進了捷運站，那就是他的全世界，由於對捷運的瘋狂熱愛，如果可以整天都在坐捷運，那應該算是他最開心的事。

我們似乎只要坐上捷運，就不能有目的地，常常帶著他搭捷運漫無目的地晃蕩，因為要坐到他滿意為止。從文湖線、板南線、小南門線、淡水線到新店線，隨意無目標地亂坐，洋洋坐得好開心，根本不想離開捷運站。

後來，我們最大的問題變成了帶他搭捷運時，只要一離開捷運站，他就可能會情緒失控或翻臉，有時得硬拖著或用各種方法騙他才能離開。雖然這實在很傷腦筋，但看到他每次坐捷運都開心到跳舞的模樣，又實在很想滿足他。

為了交通工具的乘坐，某些時候，洋洋會陷入一種固執而很難抽離的狀態，用什麼方法都很難溝通，特別是這些他喜愛的東西。好幾次，他不想搭某一班捷運或是某條路線的車，我們因為和別人有約，硬把他拉進車廂，結果他開始大哭大鬧，車上的乘客都在看著我們上演的鬧劇，我們好想挖個洞鑽進去，多希望有人來幫我們一把。

坐公車也常常遇到類似的狀況：洋洋因為拒絕坐某一輛公車，大哭大鬧的。雖然經過許多磨練後，我們已經知道該如何面對他這樣的情緒反應了，但還是有失誤的時候。

有一次，因為已經等了很久的公車，即使知道洋洋說不喜歡那輛公車，但因為下一班還要等很久，我們仍是硬著頭皮讓他上車，沒想到一上車，他就開始一直大哭。那時他已經是三歲半的孩子，在車上用哄的、用騙的都沒用，他繼續大哭著。本想說可能過沒多久就停了，想不到他的眼淚就像是關不住的水龍頭一樣，停不下來。他一直拉著媽媽、推著媽媽；車上的人都在看著我們要如何處理。最後司機忍不住了，請我們讓孩子安靜一點，不要吵到其他乘客。無地自容的我們，只好帶著孩子下車。

下車後，洋洋的情緒穩定了一些，我開始問他，為何不要坐那輛車？他講了好久，我才聽懂——原來他想坐最新的公車，而那一輛不是，所以他不要坐，所以才引爆了他的情緒。

原來如此。原來，在我們看起來都很像的公車，還有分是不是最新型的。洋洋除了對公車的數字有偏好外，竟也對每輛公車的車型產生了偏好，而因此有了情緒的反應，真是又多了一個令人傷腦筋的地方呀！不過後來我也因為這樣，多學了好多種方法，來辨認這些看起來幾乎長得很像的公車到底有何不同，也增長了知識了呀！

雖然知道孩子會不斷地用這些事情考驗我們，但是我們也必須學會每次發生了這些事件後，再跟他說明或約定以後不要再有這樣的選擇或情緒反應，彼此之間不斷進行磨合，才有可能雙贏。

洋洋對大眾交通工具的狂熱與執著，讓我們又好氣又好笑，喜愛看他坐車興奮的樣子，卻又擔心他為了坐車的事而情緒不穩。終於，我們彼此磨合出了默契與方式，漸漸地，我們知道可以讓他坐得開心，也找到了和他溝通的方法。

我們依然會繼續和孩子搭著各種交通工具在城市裡冒險，學習用他的眼光看這個世界。

交通工具的滿足感

老婆曾經問過我，我小時候都在玩什麼呢？三十多年前的小時候雖然就住在台北，住的是以前的信義區，但以前的信義區與現在天差地別，沒什麼房子，到處都是菜田和原野。我記得小時候，自己最常做的就是和鄰居的孩子一起在外面玩，玩到全身髒兮兮，回家被媽媽罵，其實和鄉下的孩子沒有差很多。

以前也沒有辦法想像台北可以變得如此便利和進步，要去哪裡都好方便；但都市裡的孩子也沒辦法和以前的我們一樣，可以自由自在地在外面玩耍。都市裡的空間變得愈來愈少，環境與空氣都愈來愈差，而孩子沒辦法在外面玩，只能待在都市水泥的鳥籠裡，父母只好買一大堆玩具來滿足孩子。想來，生活在都市裡的孩子真可憐。洋洋生活在都市裡，也必須面臨與接受這樣的環境。

不過有趣的是，都市裡的交通便利。各式各樣的交通工具，無形中滿足了像洋洋這樣對交通工具有熱愛的孩子。如果要說洋洋在都市裡最大的樂趣是什麼，我們毫不思索地就可以回答：當然是坐車。

竟然有人可以把「坐車」當作是一種樂趣、一種喜好？對以前的我來說，簡直無法相信。坐車一向是最無聊的一件事，我們到哪裡不都是希望把車程的時間縮到最短嗎？

但洋洋就是這樣的孩子。每次我們想要獎勵他，或是要請他做什麼事，最好的方法就是告訴他：如果他可以完成，那我們就帶他去坐公車換捷運。請注意，一定要坐公車換捷運喔！這個規則是缺一不可的，如果只坐公車或是只搭捷運都不行，一定要魚與熊掌兼具。

沒錯，對洋洋來說，公車和捷運就像是魚與熊掌。

這樣的獎勵對他非常好用。有朋友說，我們家的小孩也太容易滿足了吧！有時候想想，好像是如此，這樣一種對一般人來說無聊到極點、平凡無奇的坐車方式，對他來說，竟然是天大的獎勵。

一開始發現孩子非常喜愛這個模式時，其實我們還碰到了一些困難，就是在坐公車換捷運的時候，他有自己的標準和規則，常常這個公車不坐、那個公車不坐；坐捷運也是，不想在某個站下車，或是一定要坐到某一條線。我們曾好多次在公車站或是捷運站裡，領教他以大哭大鬧抗議的情緒爆發，讓我們不知如何是好。

直到後來，洋洋的語言發展進步了，我們才知道如何讓這件獎勵的事成為雙贏的局面。

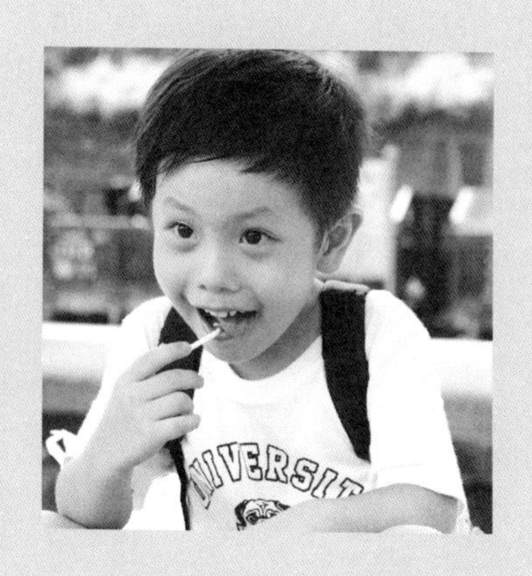

出發前，我們會先問他想搭什麼公車，甚至是什麼顏色的公車，等他指定之後，我們才會搭上車，他也會心情愉悅地坐上去。接下來就是要坐到什麼捷運站；到了捷運站之後，也要先跟他溝通，要坐捷運到什麼站或什麼線。洋洋因為喜愛捷運和公車，再加上常常都是坐重複的路線，他很清楚哪一站在哪裡或是什麼方向，所以當我們問他時，他會說出自己的想法與需求，我們全家就可以開心地來一趟坐公車換捷運、坐捷運換公車的無目的旅程。

我們常常要帶洋洋去上語言治療課，當他去上課時，對交通工具就很有選擇。有一條公車的路線很方便，可以直接坐到上課的地點，但是他很不喜歡搭那條線的公車，因為車子太老舊。

所以在搭車前，我都會先跟他說，我們要去坐那一輛車，讓他有心理準備，若他說不要，我們就會用其他交通工具利誘他，例如告訴他：如果他乖乖地坐要去上課的車子，等一下上完課後，爸爸就會帶他去坐其他他想坐的公車或捷運。接著，洋洋就會自言自語地問：「是坐捷運ＸＸ線或是ＸＸＸ號嗎？還是ＸＸ號？」

當然這個時候不論他說要坐什麼號，我都會說：「對呀！要去坐ＸＸ號，但是你現在要先乖乖地跟爸爸去坐要去上課的車子。」

一段時間之間，洋洋大多會妥協並接受這樣的引導方式，不但乖乖地搭車，也會乖乖上課，就為了可以在下課後，任意地坐他喜愛的捷運或公車。

這些看似無聊的事情，對孩子來說卻是比什麼都重要的獎勵。他們的世界裡沒有現代的iPad、iPhone，我們也不需要靠這些現代科技吸引他，我們搭上了那一班班的公車與捷運，享受這些看似虛度光陰的過程。

當我們問洋洋要什麼獎勵或要去哪裡玩時，他常說：

「坐公車換捷運就好了。」

看起來簡單無趣，但「就好了」這句話，似乎也代表著他很容易被滿足的一種態度，那其中，也包裹了我們彼此的默契與意義。

發現不一樣的世界

孩子的眼光常常會發現一些我們大人忽略，或是不曾注意過的細節，只要仔細地聆聽和觀察他們所發現的事物，有時我們會覺得自己懂的並沒有比孩子多多少。

台北的捷運裡，洋洋對於文湖線特別喜愛，除了可能因為常常坐，最大的原因大概就是它是無人駕駛的車廂，坐在第一節車廂的最前頭，好像是司機一樣在開著捷運。由於文湖線是高架的捷運，更可以在這樣的視角飽覽沿途的風光，而這個VIP座位更是許多小孩搭文湖線時爭相要坐上的。

因為貓纜，文湖線推出了Hello Kitty的彩繪車廂，有一些車子裡面彩繪了Hello Kitty的圖案。洋洋原本並沒有特別喜歡Kitty，但是卻因為文湖線的車廂裡彩繪了這些可愛的Kitty，而開始喜歡上了這隻沒有嘴巴的貓，有時還特地指定要坐有Kitty的捷運。

對大人而言，不會特別注意到有彩繪Kitty的車廂，和沒有彩繪的有何不同？可能心想就只是隨機挑一些車子彩繪而已。當洋洋在挑有Kitty的車子坐時，我們也不覺得有什麼奇怪，因為從外面看得到車廂裡的彩繪，他當然知道哪一輛有Kitty，哪一輛沒有。

然而神奇的地方在於，我發現當洋洋人在車廂裡，看到對面有捷運駛來的時候，即使他根本看不到對向車廂裡的彩繪，卻竟然可以在列車快速行駛交錯的瞬間，馬上說出那一輛是不是Hello Kitty的車子！一開始我以為他是瞎矇的，因為我們根本看不出來。

他說：「爸爸，那是Hello Kitty的，我想坐。」

我問：「你怎麼知道那是Hello Kitty的車子呢？」

他卻只會回答：「對呀，那是Hello Kitty的。」

一開始，我很納悶孩子怎麼可能每次都說對？明明車子看起來都一樣，他到底是怎麼判斷的？但因為他沒辦法跟我說清楚，我只好自己觀察。

經過了好幾次的觀察，我終於發現了，原來有彩繪Kitty的車子跟沒有彩繪的，真的長得不一樣！從車頭就可以看出它們有些不同：車頭燈的位置不一樣，捷運的標誌位置也不一樣。但一般人不會去觀察車子有什麼不同，只覺得反正都一樣，可以坐就好了。原來每次洋洋可以快速地說出哪一輛是Hello Kitty的車子，正是因為他早就看出來它們的不同，他可以從車頭馬上判斷。

於是，我也可以跟洋洋一樣，一眼就看出是不是Hello Kitty的車子。

我問洋洋：「Hello Kitty車子的車燈，是不是和另一輛長得不一樣？」

他點了點頭。

「還有，捷運標誌的位置是不是也不一樣？」

他也點了點頭。

他好像發現我也終於懂了一樣，當我問他：「這是Hello Kitty的車車，對不對？」他便會開心地對我微笑著。

後來，我才知道有Hello Kitty的車子是以前木柵線的舊車子。原來文湖線有兩種車廂：一種是以前舊的木柵線，一種是新的文湖線車子。

也因為洋洋對文湖線的觀察，我學到了另外一課。有一回看到捷運靠近時，他說：「這個車子有輪子耶！」我這才發現，原來文湖線的車子是用輪子在軌道上跑的，和一般我們坐的地底下的捷運是不同的。

沒有孩子的眼光，我們不會發現常常在身邊的東西有什麼不同，我們習以為常地在生活中使用它們，但卻什麼都不懂。

文湖線從松山機場要到中山國中站的這一段，出隧道時，會看到整個松山機場，這是洋洋最期待看到的一段路。坐捷運坐到想睡覺的我們，往往會被他提醒：那裡可以期待什麼？

我們總讓自己的眼光養成一種習慣與慣性，這讓我們可以很快地理出一種自以為快速、有效率的模式；久而久之，這些慣性也蒙蔽了我們的雙眼，看不到習慣以外的那些事物。

但在孩子的眼裡，世界和我們想的並不一樣，他們的眼光所凝視的也和我們不同。只要我們願意和他們站在同一個視角，就可以發現許多不曾發現過的細微，發現不一樣的世界。

電梯的祕密通道

洋洋在大約三歲的時候，剛開始迷捷運，喜歡到只要坐上捷運就完全不要離開捷運站了，每次為了要讓他出站，總是像在戰爭一樣。一直到後來，我終於發現了有一個方法可以來解決這件事，那就是電梯。

只要讓洋洋在坐完捷運後，能夠再搭上幾次電梯，就有可能出站。

這是什麼道理呢？電梯裡有什麼魔法嗎？我也不知道，但發現這個方法時，我真是一則以喜，一則以憂。

後來大一些，雖然洋洋不需要再用電梯來解除捷運的魔咒，但是每次只要看到電梯，他都還是會吵著要坐，電梯好像是他的好朋友一般。

他喜歡看著電梯外的符號，還有電梯裡面會出現的符號和數字，只要一進電梯，他就會開始問或開始念。我不知道那裡面到底藏了什麼祕密，讓他那麼喜歡？為何洋洋會那麼喜歡電梯呢？我隱約覺得，這是不是和他那麼喜愛交通工具有關呢？因為嚴格說起來，電梯不也是一種交通工具嗎？

洋洋除了喜歡背誦交通工具的站名，搭電梯的時候，也喜歡念著、背著電梯裡所說的話語，而且還會分別用中、英、台、客語來念：

「電梯門要關了。」

有時，他會在電梯裡一直跟著重複念誦，因為空間封閉，如果有別人在時，難免覺得他很奇怪，我們只好叫他不要一直重複說。

西門町有一座很奇怪的人行陸橋，不但有手扶梯，甚至連電梯都有。有一次我們走到那座陸橋上，洋洋一看到電梯就想坐。那時是晚上，黑漆漆的電梯發著巨大的聲響，看起來實在很不可靠，但拗不過他，只好搭著下樓，心裡實在很怕坐到一半就停了。好不容易平安到了地面，洋洋卻還是吵著要繼續坐，我們就在那裡和他僵持了好一會兒，實在是哭笑不得。

所幸，比起對交通工具的喜好，洋洋對於電梯的喜好要容易打發多了。其他的電梯，只要他說想坐，我們幾乎都讓他開心地搭乘，畢竟就只是原地上下而已，不像交通工具可能要去很遠的地方。想不到滿足久了，現在看到電梯他也不一定要坐了，而願意走樓梯或搭手扶梯了，這也算是一種進步吧！

如果哈利波特都要到倫敦王十字車站九又四分之三月台，才能坐上前往霍格華茲魔法學院的列車，我在想對洋洋來說，搭上電梯，是否也意味著走進了一個祕密通道？穿過了這個通道，對我們大人來說看起來都一樣的這個世界，在他們心中，或許其實變得不一樣了。

好朋友在呼喚

隨著時間的變化，洋洋對捷運、火車和電車的喜好也一直在轉變。原本他最喜歡捷運，不過也許是常常坐，再加上台北捷運的車廂變化不大，長得都差不多，雖然他仍舊喜愛，但不再像以前那樣執著了。後來，他開始對一列列有著不同模樣、又有著不同名字的各種火車，和有著各種數字的公車充滿了興趣。

在家裡，他最寶貝的就是那一列列火車的模型玩具，他常常自顧自地趴在地上，操縱著那些火車在軌道上行駛。他熟知它們一個個的名字：太魯閣號、普悠瑪號、自強號、莒光號等。

因為洋洋喜愛火車，火車小旅行也成為了我們最常進行的旅行模式。每當在月台上看著那一列列他熟悉的火車經過，洋洋就會像在叫著他的好朋友名字一樣，興奮得大聲叫著，彷彿它們也會有所回應一樣。

台鐵的火車種類不算多，但洋洋都如數家珍，我們最常坐電聯車。電聯車有三種：一種是最傳統老式的藍色電聯車EMU400，這是我的最愛；另外兩列則是洋洋的最愛，一列是EMU700，又稱為「阿福號」，一列是EMU800，又叫做「微笑號」，因為是新型的電聯車，看起來很漂亮，洋洋很喜歡。不論是阿福號或是微笑號，當洋洋在月台上看到時都會吵著要坐，這也變成我們後來常坐這列車去基隆的原因。

再來就是新自強號系列。家裡有太魯閣號TEMU1000和普悠瑪號TEMU1200的火車模型，這些本來就是洋洋最愛玩的火車系列。由於我們算常去花東，有時也可以搭乘到這兩列火車，洋洋只要能坐上去，都興奮無比。不過，要不是洋洋喜愛，我個人並不愛坐太魯閣號和普悠瑪號，因為搖晃得太厲害了，常讓人很不舒服。有時，我們會去一些宜蘭的小站，太魯閣號和普悠瑪號並不停，但站在月台上，看著這兩列帥氣的火車呼嘯而過，也常令人覺得過癮。

我個人其實最喜愛懷舊的火車，目前往返台東的舊自強號EMU300或是橘色的莒光號、藍白色的復興號，甚至已經在二〇一四年七月退役的「白鐵仔」（DR2700柴油列車），才是我最喜愛的。

對於這些較復古的火車，洋洋並沒有像對新型火車那樣喜愛，他自己有一套選車的標準。不過只要是火車，洋洋都還是算喜歡，我也都會有機會就多讓他嘗試坐這些車子，畢竟有些車子，可能以後就坐不到了。像因為電氣化而在花東退役的普通車「白鐵仔」，在它退休之前，我怎麼樣都要安排讓沒坐過的兒子坐一次。

對於公車的喜愛也是如此，雖然在我們看起來，公車都長得差不多，不過因為洋洋很喜歡，後來我也去仔細觀察，才發現原來公車的種類還真不少！甚至依照不同的營運公司而有所不同。

洋洋最喜愛公車還有一個原因——因為每一輛公車都有它的號碼呀，就跟球員的球衣背號一樣。原來有些人對於球員的背號有著莫名的喜好，就像洋洋對於一些公車的號碼有特別的喜好一般。我想起了一本小說，小川洋子的《博士熱愛的算式》，書中對數字有偏執狂的博士，十分迷戀職棒阪神虎隊最偉大的投手球員江夏豐，原因就是他的球衣背號「28」，是個完美的完全數（該數的因數加總起來等於該數）。

對我們來說，眼前的火車就是火車、公車就是公車，不過是一種交通工具而已。不過，看到像洋洋那樣愛交通工具的小孩，就會感受到對他們而言，車子絕對不

只是車子而已，它是有生命的事物，它有五官、它有表情，它甚至可能會說話，只是愚鈍的我們看不到聽不到；但對孩子來說，那些表情、那些聲音，卻像是他們的好朋友一樣，每一次見到，都在彼此呼喚著。

我討厭白鐵仔

曾經為台灣服務了快半世紀的火車「白鐵仔」，因為花東鐵路電氣化的原因就要停駛了。

我身為花東鐵路的愛好者，曾經享受過它的美好，也很想趁著它快停駛前，趕快帶家人再去坐一次，畢竟老婆和小孩都沒坐過，洋洋又是火車迷，應該會喜愛吧！

一開始，我心裡是這麼想的。

這趟旅程是從搭乘洋洋很愛的普悠瑪號開始的。坐在自己喜愛的普悠瑪號上，他一路上都非常開心。晚上夜宿我們喜歡的花蓮民宿，「徐徐的溫度」，雖然下雨，仍享受了美好的花蓮初夏之夜。

隔天，我們從吉安站出發，準備搭一天只有一班行駛的白鐵仔普通車。買了票進到了吉安站——想不到，就在月台準備上車，洋洋第一次看到白鐵仔的那一瞬間，這趟旅行原本的目的瞬間化為烏有。

一看到這列火車，洋洋就激動地一直大叫：

「我不要坐！」

我原本心想可能一下子就好，還騙他說上去就給他最愛的糖果吃，沒想到他抵死不從，一陣子沒爆發對交通工具的執著與情緒，瞬間炸開來！他的情緒失控到還撞到我的相機，眼角流了血。

坐在白鐵仔上的乘客就這樣觀賞了小兒的大鬧劇，連列車長都下來安慰他，不過他怎麼也不上車，持續地在月台大哭與吶喊。

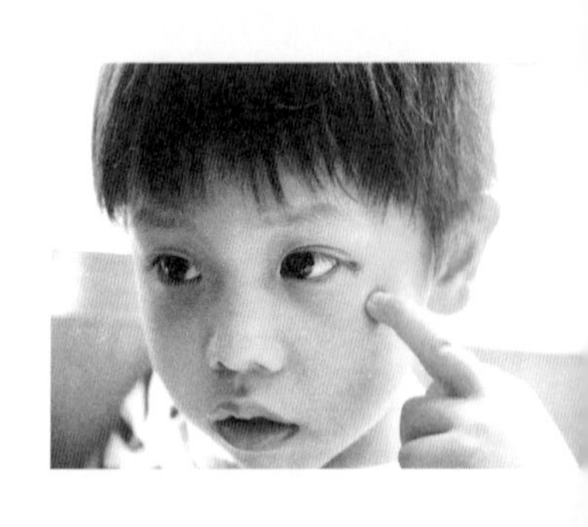

當然，已經歷過很多次這種情形的我們，這個時候絕不會跟自己過不去，雖然這原本是這趟旅行最大的意義，但我知道如果硬把他拖上去，只會搞得兩敗俱傷，畢竟一家人開心還是最重要的。老婆誇我說，我的修養被洋洋磨練得愈來愈好了。

後來，我們只好換搭自強號去池上。一路上，車窗外都是即將轉為金黃的美麗稻田，似乎也漸漸撫慰了洋洋和我們之間的情緒，只見他指著眼角因為剛剛激動撞到流血的傷口，這也算是一種特別的回憶印記吧。

等他的情緒安定了之後，我問他：「為何不肯坐那列火車？」

他沒有辦法很清楚地回答。

於是，我又問他：「是不是覺得它太舊了？」
他才回答說：「對。」接著繼續說：「我不要坐兩節的火車。」
我這才想到，原來他可能覺得這列只有兩節的火車，並不是火車！而且洋洋是「外貌協會」的人，他的確是比較喜歡新的車子。不過，真的好可惜呀，以後他再也坐不到這列火車了呢！

經過了白鐵仔的悔恨之旅後沒多久，某天下午，老婆帶洋洋去上語言與職能課程，出門後過了一下卻打電話給我，說洋洋搭車去上課的途中一路哭鬧，整個情緒很不穩定，一直吵著說不要去上課。她問我，要怎麼辦？還要去上課嗎？
我說：「那就問他要去哪裡玩吧！」
我想，任誰都有不想上課的時候吧！雖然不知道為何他那天會突然情緒失控，不過對洋洋來說，最重要的還是安撫情緒，等情緒安定了，再去和他溝通這件事，這樣他才能一次比一次更好，在每一次經驗中愈加進步。

每一次孩子的情緒爆發後，首要的當然都是安撫情緒，如果大人的情緒也因為小孩的情緒而跟著起舞或失控，那最後往往都只是兩敗俱傷。我們以前也曾經這樣過。情緒沒有安撫，任何溝通是無濟於事的。

而事後的溝通與叮嚀，我覺得更加重要，讓孩子一次一次地理解到以後碰到這樣的情形時，自己應該如何處理，又該如何整理自己的情緒。經過幾次的溝通之後，孩子一定可以慢慢改善，正向與有效的溝通一定可以愈來愈多，孩子也會日益進步。

當然，每個人都還是有自己的好惡與選擇，大人不要強迫小孩喜歡大人所喜歡的東西，彼此尊重、參與彼此的喜好，才能擁有更多的雙贏。

給我火車的書，其餘免談

從小，父母從沒有念過床邊故事給我聽，我不知道有父母在睡前念故事給自己聽的感覺是什麼。長大後，因緣際會念了兒童文學研究所，知道了很多爸媽都會在睡前念故事給孩子聽，也知道說故事的力量對孩子的影響，但我仍對於那種感覺懵懵懂懂，因為我從來沒有經歷過。小時候，從來都是我自己放故事錄音帶給自己聽而已。

有很多人都跟我們說，對孩子說故事、還有睡前念故事給孩子聽，是很重要的事，尤其像洋洋的語言發展比較慢，可能更需要。其實從他兩歲開始，我們就嘗試著念故事給他聽，或是帶著他翻故事書，卻發現他注意力相當不集中，總是不到幾秒鐘，就想跑去做別的事。當時我們也不以為意，想說再大一點可能他就可以聽故事了，沒想到原來他其實是有注意力不集中的問題。

大一點之後，去上語言治療課時，也會帶他看圖畫書或故事書，但洋洋總是挑著書本裡他知道的東西念給我們聽，不太去聽說故事的人在說什麼；他喜歡講自己會的東西，卻對於聽覺輸入的部分無法專注。我想說不定這也是他語言學習緩慢的關係。當時我們不知道，到底有什麼書能比較吸引他，或是比較能跟他互動，直到他看了關於車子的書。

那本有著許多車子類型的硬板書，他到現在已經看了一年多了，仍然非常喜愛。因為對那本書有興趣，當然我們問起問題來，他就有更多反應，也變得容易有互動了。可是，他卻真的只對那一、兩本和車有關的書感興趣而已，我們嘗試想帶他看別的繪本或圖畫書，他一點興趣也沒有。我們很掙扎也很困惑，總不能永遠只看這一、兩本書吧！

該怎麼辦呢？對於故事和有劇情的繪本，這孩子都不喜歡。

不過，我們終究還是妥協了。既然洋洋喜歡看跟車子有關的書，那就盡量地滿足他吧！

我開始去圖書館借各種車子的書，也慢慢發現，原來洋洋不是對每本和車子有關的書都喜歡呀，他仍有自己一套選擇。可惜，跟幼童有關、以車子為主的圖畫書或繪本真的好少，好不容易發現一、兩本，孩子卻沒興趣，因為他只喜歡跟真的車長得一樣的車子。借了好多本書後，洋洋居然在裡面找到了幾本他的摯愛，終於他把原來那一本介紹車子的硬板書給拋棄了。

其中一本是介紹東京電車的書，對洋洋來說，看這本書是全新的體驗，因為與他平時最常看到的捷運、公車或是各種廠牌的轎車，甚至台灣的火車都完全不同！他好像看到了新的情人與伴侶一樣，望

著那許多種類不同、長相也不一樣的電車照片，簡直愛不釋手，每天都在找那本書，好像在挑情人一樣。

另外一本書也和日本的鐵道有關，是關於日本JR火車的介紹。這本書後來甚至超越了東京的電車。他從沒有看過竟然有那麼多種火車！每一輛彷彿都有不同的性格，高矮胖瘦都不同，就像是選美大會一樣。每當看到自己喜歡的，洋洋總說：「我要去坐這台、去坐那台！」他似乎不了解，這可是都要出國坐的呀，很貴呢！

我們慢慢也不再硬逼著洋洋一定要看其他的繪本。喜歡看火車或電車的書，就好好地看個夠吧！這已經變成了洋洋最重要的床頭書了，每次睡覺前，他都吵著要看一遍，一邊看書，我們也會一邊和他討論著書裡的車子，進行一些簡單的對話。

例如，當他看到喜愛的車子，而大聲說著「我要去坐這個」時，我們會問他：「洋洋，那這個車子是什麼顏色的呢？有誰坐在上面呢？」開始我們一些由火車延伸出來的對話。

我想，能有互動，會是比看什麼書更重要的事吧！

洋洋喜愛看的火車或是日本的電車書，都會有車型介紹，我們便乘機跟他聊一下，特別是日本的電車或火車都有特殊的造型，我們會和洋洋討論，那個車子像什麼東西呢？

像有一輛很像海豚的電車，洋洋很喜歡，常常說著他想坐「海豚」那一輛車。

有時候，我們天馬行空地和孩子隨便亂聊著。

「那我們坐海豚的火車，去找小丑魚好不好？」

雖然他不一定每次都會跟我們繼續亂說下去，但有時會可愛的回應：

「那鯨魚呢？可以去找鯨魚嗎？」

有一段時間，老婆和我悄悄計畫著，一起合作來做一本關於「火車旅行」的繪本，好好滿足像洋洋一樣如此熱愛火車的孩子們。

等孩子又大了一點，我們發現了，洋洋只喜歡車子的書，可能是因為這些書並沒有劇情。他對故事的敘述一直不是很了解，也導致當我們在念繪本或故事書時，對於每一個頁面間的角色或情節之間的關係，常常他並不是很懂。我不知道這是不是也影響到他描述事情時的表達，使得他比較沒有邏輯或是跳躍式敘述。

這個問題逐漸開始困擾著我們。雖然我們讓孩子也能好好看車子的書，但是，了解故事書或繪本的情節、去觀察「發生了什麼事」，這些還是很重要呀！我們不能因為孩子只愛看車子的書，就不去教他這個能力。

經過和一些老師討論後，我們發現可以用情境圖卡的方式，來帶孩子一步步地了解簡單的故事或角色的進行。雖然一開始當我們使用圖卡要教洋洋時，他很不喜歡（他對於自己不擅長的東西都很不喜歡），但是慢慢地，卻看得出他有在進步，可以慢慢掌握角色或劇情的發展了。

雖然不知道洋洋何時可以開始喜歡上看故事書，也或許，他真的比較缺乏這樣的邏輯力，但是無論如何，我們希望他能盡情地看著他的車車的書，同時也能靠我們的幫助，讓他了解更多他不熟悉的世界，並發現更多世界的美。

車廂裡的靜謐時光

讀兒童文學研究所時，看了一本我很喜歡的書《童年的消逝》，說的是有了電視、電腦、網路後，兒童的純真童年也都跟著消逝了。現在的電視媒體素質低落，新聞報導誇張偏頗，看到涉世未深的小孩子似懂非懂地竟在談論著政治或社會新聞時，我對這個國家的兒童更感到憂心。

確實，童年在我們的社會已經支離破碎了，童年應有的想像力與純真也早已崩毀，電視媒體和數位網路徹底毀滅了童年，也讓孩子們失去了能力。

某天下班後，在帶著洋洋回家的路上經過了一處公園。他指著天空，我看到了藍色的天空與一旁幾棵相思樹在說話，微風徐徐吹著，那畫面讓人好舒服也有些感動，然後我想起了《童年的消逝》這本書。現在還有多少孩子會為周遭環境的細微變化所感動呢？

有一天，我的孩子也會長大，我別無所求，只希望在這些媒體與科技的大時代，他還能擁有為一棵樹感動的心，一顆可以感受到萬物呼吸的心。

洋洋有時很安靜，如今語言能力漸漸增長了，他講的話才愈來愈多，但我很喜歡我們彼此安靜時的瞬間。在坐車的時候，他常常十分專注，望著窗外的風景，不論搭捷運或坐火車都是如此。

我們常常搭著火車去小旅行，洋洋很喜愛火車，它有一種讓時間停止下來的氛圍。我們常搭乘電聯車，每一站都會停留，每一站都有人上車、下車，每一站都有截然不同的風景。

對我們而言，好像看到了不同的人生下車、上車著；而別人也同樣看著我們。但對洋洋而言，也許並沒有那麼多涵義。他總是靜靜地看著窗外，大部分時間並不會說太多話，偶爾會問一些問題。

我總在想，當他凝視著車窗外流動的風景時，不知都在想什麼？見他如此專注，我總好奇，他用什麼眼光在看著火車和窗外？我彷彿覺得洋洋在車廂內好像會有一種特別的安全感，不知道是不是像回到媽媽的子宮裡一樣？他的樣子，總覺得有種被保護著的感受。

一次，我們坐著電聯車去宜蘭，到了福隆，買了福隆便當，後來就在車廂裡吃了起來。電聯車裡空蕩蕩的，穿過了隧道後，大海啪的一聲映入眼簾，我坐在老婆和洋洋的對面，看著母子倆在吃著火車便當，他們身後的大玻璃窗透出的是太平洋與龜山島，光線迷濛地灑進了車廂內，火車緩慢地行駛著——在那個瞬間，眼前的這些畫面與時光，我覺得好像是在夢中才會出現的，它安靜地被封存起來，收進了藍色列車裡，我知道，我才有那把開啟的鑰匙。

從每次等待火車，到洋洋看見火車的興奮，高興地叫著火車的名字，一直到上了車，開始車廂內的靜謐時光……每次帶洋洋坐火車，我都感受到他心情的變化與磁場。我知道不管去哪裡，只要我們一家人在一起，一起在車廂裡，那些屬於我們的時光將永遠不會褪去。

來自車站的星星密碼

曾經有很多次，老師因為要做評估或是想了解洋洋而問我：

「洋洋那麼喜愛車子，不知道他在家都是怎麼玩車子的呢？」

老實說，這孩子在家裡玩車子的情形有點單調。像比較小的時候，他只會手拿著車子自顧自地在那裡玩，並且特別注意看著輪子轉動；大一點後，他還是喜歡手拿著車子，在地上看著它轉動，不過，他會開始配上捷運或是公車的聲音，而且學得真像。

為了不讓洋洋沉迷在自己的世界裡，當他玩車子的時候，我們會試著加入他，但他很不喜歡我們破壞他玩車的規則。漸漸長大了之後，語言能力建立了，當他玩車時，開始會配上語言，當我們問他時，他也會開始有回應。然而我們也發現，他在玩車子時所說的話語，都是那些平時坐捷運或公車時所聽到的內容，他不斷地念著那些站名，只要是他曾經聽過的都會拿來念，並且以中文、閩南語、客家語、英文來複誦著，聽起來實在很奇特。

最初我們並不知道，原來亞斯或高功能自閉症的孩子，都有喜歡背公車站名或是電車站名的習慣，直到聽後來心智科醫生說明，我們才明白。

一開始發現洋洋很喜歡背公車或捷運站名的時候，覺得很有趣：怎麼會有小朋友對這種東西那麼有興趣？他坐車的時候，常常都在念著那些車子裡廣播說的話，例如捷運的每一站都有中文、閩南語、客語、英語的站名廣播，他總是很喜歡跟著這些話一起念著，而這不就是在生活中學語言最棒的方式嗎？

坐公車的時候，洋洋則會背公車站名，也會記在什麼站下車、可以去什麼地方，甚至和誰來過、和誰坐過、經過了哪裡，他都可以記下來。有時我會想，他怎麼會記一些我們都不會去記的東西？每個人召喚記憶的方式不同，他用交通工具和數字來呼喚藏在他心中的記憶，跟我們一般人似乎不太一樣，真的很特別。

洋洋在坐車的時候，總是喜歡複述著車子的站名；回家玩車子的時候，也是一樣繼續在念著。有時不禁讓人覺得，那些站名是不是一種奇妙的密碼？或是有什麼神祕的力量在召喚著、吸引著像洋洋這樣的孩子，否則他怎麼會對這些東西這麼喜愛？那真的是一種我們無法理解的吸引力。

我曾經認識一個嚴重的自閉症學生，他可以背全台北市的公車號碼和站名，非常厲害。他常常在念著這些站名，在他的世界裡，這些就是宇宙。

當我看到洋洋有類似的特質時，總會想起這個學生。雖然洋洋的狀況很輕微，但是當我和同樣有孩子疑似亞斯伯格或高功能自閉的家長分享，才發現我們的孩子竟然不約而同地都對這些事情有著共同的喜好。早療醫生也告訴我們，這樣的特質確實是判定孩子是否為亞斯伯格或高功能自閉的一個面向。

於是，我更覺得那是一種神祕的力量了，彷彿是這些孩子們共通的密碼與語言。我不禁會想，他們是否藉由這些事情來尋找彼此的存在，或是在呼喚那遠方的星星？

那像是上帝或老天爺在他們身上做的記號嗎？

他們是否來自於一個我們都不知道的遙遠行星，他們的宇宙是用屬於他們的符號堆疊出來的，而有許多我們還沒有發現的真理、數學公式或是永恆的事物，是不是都隱藏在他們身上呢？

我們的世界對他們來說，是不是太無趣了，所以他們用著他們自己的一套規則在運作呢？

所有這些，我們都無法理解；但他是我們的孩子，只要我們試著去理解，我們都可以成為孩子宇宙中的行星，那些星星的密碼，正是我們前往未知世界的鑰匙。

愛讓一切都可能發生

老婆琪是一個看起來很文靜、話很少的女孩，結婚前和結婚後好像都是如此。記得第一次見面的時候，琪的同學是這樣介紹她的，說她就像外表看到的一樣。當時我還不懂她同學的意思，直到後來才明白。

但其實，私底下的老婆還是跟外表的文靜不太一樣：她很喜愛搖滾樂，也有她自己喜愛的熱情方式。另一方面，她真的是個十足的宅女，不喜歡出門，喜愛在家上網購物，也不喜歡四處旅行。她說，因為從小在鄉下長大，出門機會不多，後來也不覺得有非要出門才能做的事，慢慢習慣了待在家裡的模式。

有趣的是，我和她卻是在旅行中相遇的。老婆並不是喜歡旅行的人，也不太會計畫去哪裡旅行，所以當初為何會計畫離開南投，到台東住一個月呢？我一直不知道原因。

有一次在老婆娘家無意中發現了一張紙，上面寫著七、八年前，她隨意寫下的要去台東旅行、休息一個月的日期與計畫。一直到現在，我還是不知道為何很少旅行的她會去台東那麼長的時間，而到底是什麼原因驅使她前往的，我也沒問過她，但是看到那張隨意寫下的計畫白紙，還有那班載她前往台東的莒光列車時刻表，不禁讓我想起，這應該算是我們倆緣分起點的一份意念的證據吧。

想想，緣分總會在人生的某一個轉彎處，因為一個意念驅使自己在某一個時間前往了某一個地方，才能與重要的人相遇，不是嗎？

有了孩子之後，老實說，一開始並沒有改變太多。雖然琪會帶洋洋去家附近的公

園溜滑梯，但她並沒有很喜歡帶孩子出門。本質上，我覺得她還是一個慵懶、不喜歡出門的宅女。

後來帶洋洋出門搭車時，有的時候會遇到他產生莫名的固執和情緒。由於碰過了幾次很嚴重的情況，琪開始有些畏懼，很害怕洋洋在途中情緒發作，以至於她開始擔心帶孩子出門，更害怕自己要帶他出門，因為洋洋可能像不定時炸彈一樣，不知何時會引爆。那個時候，我們還不知道這些情緒的問題可能和發展遲緩或是疑似自閉有關，只覺得因孩子對於交通工具的固執和情緒反應而感到困擾。

診斷出了洋洋有語言發展遲緩的問題時，老婆十分難過。彼時，洋洋對各種交通工具的熱愛也愈加強烈了，常常說要出門去坐車。我對琪說，為了孩子，我們更應該滿足他的需求，讓他接觸更多事物，才可以慢慢打開他尚未開啟的大門。

我們常說，要改變一個人很難。對於已經成熟的大人，要改變的確更難。然而，為了自己所愛的人，卻是少數可以打破這個規則的誘因。

老婆發現只要帶洋洋去搭交通工具，他就會變得很想說話，也很願意問問題或分享各種事情，於是為了孩子，她開始強迫自己學會喜愛出門，喜愛坐車，喜愛去由洋洋所選擇的小旅程。

原本，她是比較安於固定模式、害怕改變的人，卻也因為洋洋有時捉摸不定，被迫為了他而去適應任何突來的狀況。有時坐上了車子、去了不知什麼地方，她也可以趕快隨機應變，想著下一步怎麼換車或是處理的方法。

漸漸地，老婆也找到了一套自己與孩子溝通或是防止他情緒失控的方法。

她不再只是害怕或恐懼，而能去享受那些固執所帶來的美好。

她不再因為獨自帶洋洋出門而擔心，而已經學會在出門前，先和孩子做好溝通，並且先做好心理準備：一旦洋洋發生了固執或是情緒不穩定的情形時，她需要怎麼處理？

當洋洋要帶她漫無目的地坐車、不知去哪裡時，原本對台北大眾交通工具不熟悉的她，也被迫學會要如何在任何一個地方再搭乘不同的交通工具，回到原本要去的地點。

這些都是原本她所不會的，但為了孩子，她努力學習著。

或許，琪還是沒有像我和洋洋一樣，喜愛坐車到處去漫遊，那種沒有目的的方式也打破了她的個性。但我知道為了孩子，她不斷在改變、在調整，這些其實是翻轉了過去三十多年來所累積下來的一些東西，沒有那麼容易。然而，「愛」讓一切都可能發生。那堵禁錮我們的高牆，都有可能變成使我們跳得更高的高牆。

爸爸媽媽，笑一個

曾看過「北歐四季」部落格主寫的一篇文章，提到有一次她在芬蘭的某間咖啡館看到一個攝影展，牆上的作品竟然是一所幼兒園的幼兒所拍下的照片，非常有趣，幼兒的視野與眼光都很特別也很直率。他們選擇的主題是「幼兒園裡最喜歡的角落」和「幼兒園裡最無聊的角落」。拍攝的同時，孩子們也必須用語言描述這個角落，每張相片下方標註的「圖說」，就是孩子的描述。每個幼童都用相機為自己發聲，那裡面充滿了我們所不知道的視野與聲音。

於是我突然想到，為何不讓洋洋也來試試拍下他自己喜歡的照片？平常洋洋常看我拍照，所以對相機並不陌生，我簡單地教了他一些方法後，他就真的開始找那些他喜歡的東西，四處拍了起來。

由於他拿起相機還不是很穩，手指的力量還不是很夠，所以拍起來常常會有模糊的情況，並常拿相機去撞東撞西，但不要緊，畢竟他才剛開始學，也看得出來他很喜歡。他在家裡試拍了最喜歡的車車和娃娃，一開始大多是模糊照，後來竟也慢慢拍得清楚了。

一次，我們帶洋洋去北投玩，一路讓他拿著相機拍。在捷運上，他拍得很開心，不過下車後因為太興奮而拿著相機到處跑，結果跌倒流血了，相機也摔到地上好幾次。

那回在溫泉博物館裡，洋洋關注的並不是我們一般人喜歡的老舊感。他看到了展示櫃裡的一輛舊普通車，很喜歡地拍了好幾張，拍下了一、兩張雖然模糊，但我很喜歡的照片，那個角度和高度甚至是我不會注意到的。

洋洋是個不太愛被拍照的小孩，加上注意力不集中，所以每次拍照，幾乎都不看鏡頭，我都得用連拍才能稍微拍到他偶爾看鏡頭的畫面。但因為爸爸實在很喜歡拍照，加上在幼稚園的進步，久了之後，他終於知道要對鏡頭比Ya了，只是，他還是不看鏡頭呀。

拿著相機的洋洋，不但會拍自己感興趣的東西，也會對著我和老婆說：「來，拍一張照片。」我們比出了Ya的手勢，他便煞有其事地當起了我們的攝影師。本來以為只是好玩，拍出來應該很模糊才是，想不到，他拍的好幾張竟然都算清晰，真厲害！

不知為何，看著四歲的洋洋為我們夫妻拍下的合照，感覺很奇妙。大概平常幾乎都是我幫別人或家人拍照，自己很少會出現在鏡頭裡，而且自己的畫面竟然是被自己幼小的孩子記錄下來的，實在感到妙不可言。我甚至覺得這些照片的意義遠遠超過了外表的形體，在那其中，交融著我們彼此之間的許多事。

洋洋常常在坐捷運或公車時拍照，那模樣顯得很專注。每當看到我幫他拍的照片或是他自己拍的照片時，他都覺得好興奮。而看到他拍的照片，我不禁在想：對他而言，這個相機裡的畫面和我們所看到的相機畫面有什麼不同呢？當他看到自己拍下的照片，內心又在想什麼呢？

洋洋的拍照計畫，將會一直隨著我們的小旅行繼續下去。孩子所拍下的畫面，讓我看到了，我們大人所看不到的許多高度和角度。

每一種擺盪都是藝術

面對洋洋的固執與情緒，雖然我們已掌握了和他的溝通模式，他會的語言表達也變多了，溝通不再像以前一樣摸不著邊，有效溝通的頻率多了很多，可是有時當他的「鑰匙」啟動了，我們還是得利用一些神兵利器來幫忙，否則只能杵在那裡，那裡也去不了，什麼也做不了。

最吸引洋洋、有助於引導他的，除了他最愛的車子之外，就是糖果、餅乾，不過也不是所有的糖果和餅乾他都買單，我們也是花了一段時間，用各種東西做了不同的嘗試，才找到這些神兵利器的。

一開始，我們發現洋洋的最愛是牛奶糖。帶他出門時，當他任性起來或是堅持要做什麼、不做什麼時，我們拿出了牛奶糖，他便開始願意接受談判，有時就會軟化下來，履行我們原本做好的約定。老婆曾說當初發現牛奶糖的好用時，感覺好威風呀！因為不用再害怕洋洋突然的固執和情緒了。我們真應該要謝謝發明牛奶糖的人，幫了我們好大的忙。

不過，牛奶糖也不能常用，畢竟任何獎勵的東西，只要常接觸或是使用，威力就會減弱很多。因此，我們必須要繼續尋找其他的神兵利器。有一次我們在吃冰淇淋時，上面放了一片O牌的巧克力餅乾，洋洋當時還沒吃過這種巧克力餅乾，結果一吃鍾情，後來就好愛它，於是，我們拿到了第二項神兵利器。

從吃了O牌的巧克力餅乾後，就開啟了洋洋對巧克力的熱愛，後來不管是哪一種巧克力，他都很愛：蛋糕要巧克力的，餅乾要巧克力的，冰淇淋要巧克力的，棒棒糖要巧克力的，雷神巧克力他當然也愛。這讓我們多了好多武器選擇，只要帶上一些關於巧克力的產品，就能夠在需要的時候安撫他，我真愛巧克力的發明人。

除了糖果、餅乾的神兵利器選項，少不了的就是他的車車。洋洋自己有一個小包包，每次要出門時，他都會選幾輛車子放到他的包包裡，好像有一輛車，他才能安心地出門。如果去外面，要在一個地方待久一點或是吃飯時，比較好動的他，就可以靠著這一輛車車，安靜地自己在桌上或是任何他覺得可以開車的場地玩耍著。有時我們希望他改進或是做到一些他不想做的事情，也都要靠這些他喜愛的神兵利器，才能夠達成。

我想每一個孩子都有著吸引他的事物，我們需要的並不是一味地滿足他，因為給太多，那就沒有意義了。但是我們如果掌握了這些他的喜好，卻可以適時地幫上大忙，這是雙贏的狀態，孩子可以在需要安撫的時候得到安慰，父母也能立即地處理孩子的情緒。不過，這中間的拿捏和溝通卻仍需要父母與孩子之間建立一個有效的系統，每一個家庭的系統與方式都不盡相同。

雖然有人不認同這樣的方式，覺得不夠人文，但我想只要父母對孩子的愛是正向的，每個人都有自己的一套方法，在與孩子的擺盪之間，每一種方法都是藝術。

我們的小旅行祕密

我常常與朋友們分享帶家人去旅行的事情，雖然對有些人來說，我們家的旅行大多挺無聊的，畢竟都一直坐車，不過很多朋友總是很捧場地說我們真是幸福的一家人。

老實說，比起一般家庭常常安排豐富的旅程，我們的旅遊往往都是因為洋洋而從大眾交通工具出發，不一定要去什麼地方玩。但是，這樣的小旅行後來卻很吸引我。

自從有了「小旅行」這個說法後，很多人出去玩都用了這個詞，就好像小清新或小確幸一樣，現代的人似乎都在追求一種微小的幸福。不過，小旅行的意義到底是什麼呢？不少人用了這個字眼去旅行，卻仍習慣安排滿滿的行程，看起來豐富，但相信玩起來也疲憊吧！這樣的小旅行，負擔似乎多了點。

其實我也不懂什麼是小旅行，但是有了孩子之後，開始帶著孩子出門，才慢慢知道帶孩子出去旅行，必須捨棄掉很多我們原本固有的想法與模式，一切不能照著我們大人的想法，否則只會對自己與小孩徒增彼此磨合的時間而已。

對孩子而言，旅行的目的並不在於去了多少地方、玩了多少景點、吃了多少美食，而在於是否有更多的空白時間，可以讓孩子盡情地玩耍或是做大人都不會管的事情，這才是小孩覺得旅行最棒的地方吧！

像洋洋，因為他很愛坐車子，我們旅行的意義與目的，就必須安排坐上幾種他喜愛的交通工具，這樣的旅行對他來說才算有意義。至於到什麼地方去玩，我覺得對洋洋來說，真的一點也不重要。

所以久了之後，我們慢慢有了一種輕鬆愜意的小旅行模式，我們以輕鬆、隨性、不貪心的方式，來開始一趟趟我們的小旅行。有時候只是搭著公車或捷運，任意漫遊，或甚至只是坐了一趟火車、去了一個小站，讓孩子在那裡盡情地奔跑了一下，再吃了一個小吃就返回了，看起來其實很無聊，但對我們來說，這樣無負擔又隨性的旅行，輕盈也輕鬆。

有一年冬天，看到暖和和的陽光，我提議坐火車去一處不知名的車站「大溪」，那是靠近宜蘭的一個小站，平常沒有人會去那裡，但是那裡有一所在海邊的美麗國小。於是我們就踏上旅程，買了福隆便當，到了那個海邊的大溪國小，只是曬太陽吃便當，享受冬陽的溫暖，再搭車回來。沒有安排什麼目的，卻讓一家人享受了愉悅的美好小旅行。

洋洋常常也在小旅行下車後就開始期待著回程的車程，因為他就是愛坐車呀！所以這樣短暫的小旅程真的剛剛好。我們也漸漸喜愛這樣的旅行方式，對我們來說，這才是真正的「小旅行」。

後來，即使是安排去遠一點的地方，這樣隨性、輕鬆的步調好像也成了我們美好旅行的祕訣。

有時到了外地住民宿，民宿主人會問我們：「有沒有要去哪裡玩？」我們常常都回答：「我們在附近走走就好。」不知道民宿主人是否會覺得我們出來玩，怎麼只待在住處附近而已呢？但這就是我們旅行輕鬆自在的地方。

這樣沒有絕對目的性的隨性旅行，時間的流動往往更加緩慢，也可以讓我們享受無所事事與家人在一起的時光，有時甚至還會發生一些有趣的際遇。

記得一次住在長濱的民宿，下著小雨，我們待在住處，沒有出門。周遭因為下雨，瀰漫著霧氣。後方那座山嵐繚繞的小山，看起來像是巨大的山脈；遠方的海洋則成了奶泡。

民宿裡，養著一隻可愛的小貓，當洋洋在草地上玩耍時，那隻小貓不斷地靠近他。洋洋一開始又愛又怕的。沒想到，平常看到小狗或小貓就很害怕而躲起來的他，後來竟然開心地跟貓咪在迷濛的煙雨中一直玩耍著，玩了好久好久！在煙雨的長濱，看見他們彼此互動的模樣，像是生命彼此的巧遇一樣美。

即使只是在民宿裡和小動物玩耍，也成了我們那次旅行中，迷人的片段。無須安排去哪裡，小旅行正因為無目的所發生的美好，而使人著迷。

每個人心中都有一個自己喜愛的小旅行模式吧，我想。到底什麼是小旅行呢？我想每個人的定義也不相同。我自己曾經認為的小旅行方式其實在不斷地修正中，也必須不斷地拋棄那個自私的我。

現在的我所追求的小旅行幸福，往往可以說是一平方英寸的寂靜幸福了。只要家人能在一起，只要我們能共有那些幸福片刻，不管去哪裡或是做了什麼事，都能有著小旅行所滋養出來的小確幸。

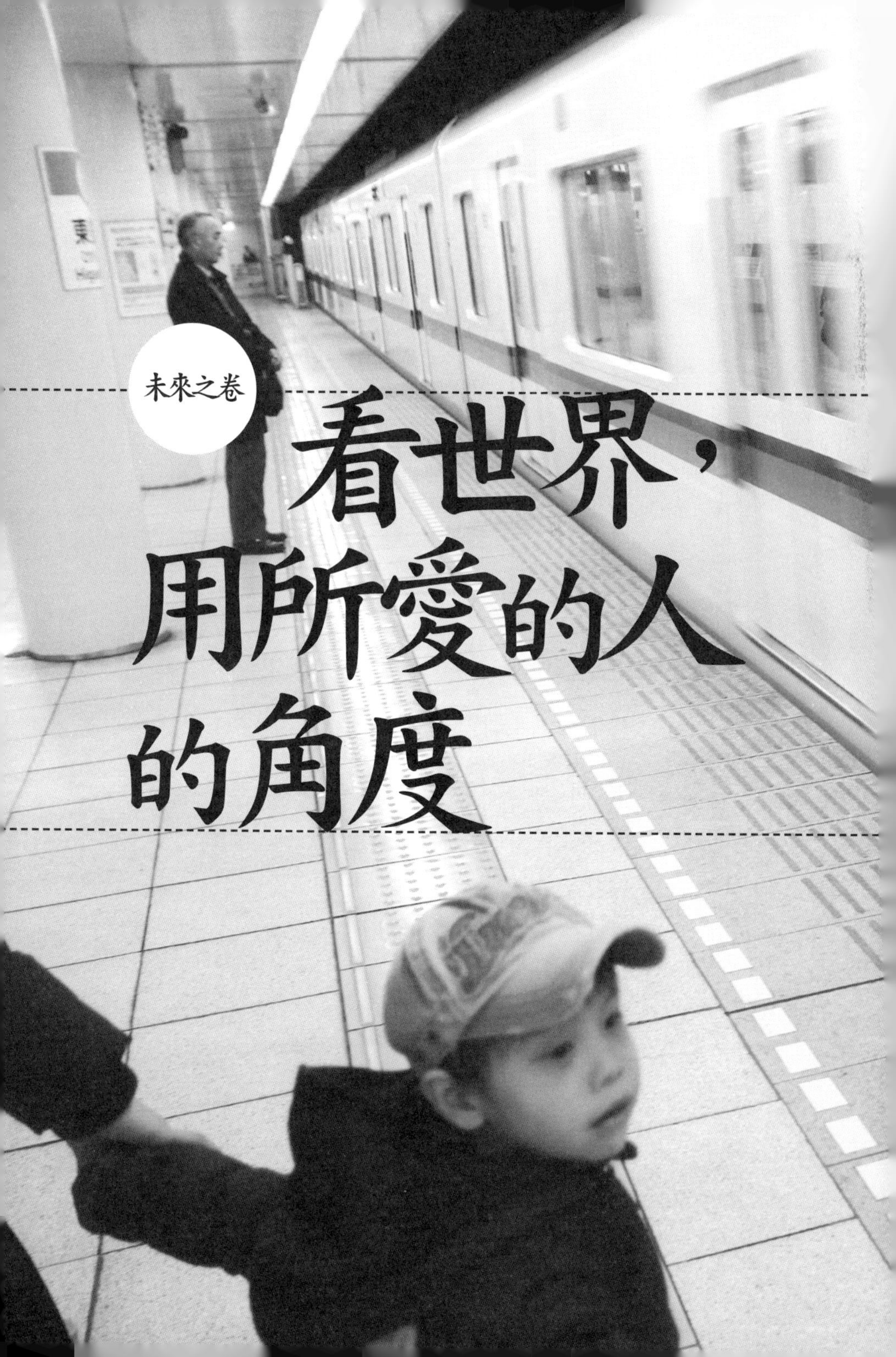

未來之卷

看世界，用所愛的人的角度

即使旅行不再輕盈

在沒有結婚的時候，我從未想過有一天會帶孩子出國旅行這件事；即使婚後，因為沒有特別想要孩子，也沒想過這個問題。

有了洋洋之後，老實說，我第一個想法竟然就是——我可能要因為孩子而沒辦法出國玩了！我總是自私地想到自己沒有辦法去做喜愛的事而已，只覺得有孩子之後要剝奪很多原來的自由。

孩子很小的時候，因為耐不住心中躁動的旅行細胞，我還是請保母照顧孩子幾天，丟下孩子，拉著老婆出國旅行。老婆說，她朋友都覺得，我們怎麼捨得把孩子丟在別人家裡，自己放心地去玩呢？很抱歉，但我真的覺得這樣沒什麼大不了。為何要因為孩子而放棄自己喜愛的事物？這點我實在有點無法接受。

朋友曾問我：「那你打算等孩子幾歲時，帶他出國旅行呢？」

為何要那麼早帶孩子出國呢？那根本是浪費錢，而且對孩子來說也沒有回憶。當時的我是那麼想的，於是我總是回答，至少要等小學之後再說吧。

當時的我，也還不知道孩子有發展遲緩的問題。

我從來沒有想過，會因為孩子改變自己什麼。就在發現了孩子的成長和別人不同後，也才覺察到，當我們用自以為是的眼光來看待自己與孩子的關係時，常常都造成兩敗俱傷。我開始學習如何用孩子的高度來看事情、處理事情，不再和孩子用力拉扯，或一味地只是要他順從我們的意思，最重要的，也包含了對旅行的態度。

洋洋對交通工具的熱愛與執著，以及途中可能引發的情緒，本來困擾著我們，後來卻成為了我們常常漫無目的優遊在城市裡的動力。洋洋讓我們知道旅途的目的地其實不重要，旅途的過程與乘坐本身才是最重要的。我們因為他享受了一般人無法理解的單調、無聊的坐車旅程；卻也因為如此，讓他在這些過程中更喜愛嘗試語言的練習，並一直在進步中。

上了幼稚園一個學期後，到了學期末，和巡輔的特教老師開洋洋的期末ＩＥＰ會議。幾個月來，我們都覺得洋洋的語言進步很多，特教老師和幼稚園老師也一直誇獎他在學校的進步與天真可愛，我們好謝謝阿公、阿嬤、老師和許多朋友對洋洋的關心與照顧，孩子才可以愈來愈棒。

接著，我想到了一個獎勵洋洋的獎品，那就是帶他出國旅行！

若是以前的我，會像許多人一樣覺得：「這不是自找麻煩嗎？根本就是自己找罪受，應該是對自己的一種懲罰吧！」

的確，若只是單純以大人的眼光來安排這趟國外旅程，我想真的有可能會是場災難，因為大人和孩子喜歡的東西不一樣，如果是以大人的眼光為主導，相信對孩子來說一定無聊至極，再加上途中可能會有許多孩子不想、卻必須配合大人的事情，這樣的一趟旅程，一定充滿了情緒和孩子的不穩定，有可能就會變成一場災難。

但一向對旅行只在乎自己喜好的我，卻因為洋洋而有了不同的想法。

我想帶洋洋去旅行，是因為他很喜歡日本的電車和火車，所以我決定，要帶他親自去看看那些他總是在書裡面才看得到的車子，去「東京」這個世界上電車最發達的大城市，好好地感受電車的魅力！

離出發還遠呢，但我光想到洋洋看到那些喜愛的電車時的表情，就不禁興奮起來。回到家，告訴洋洋要帶他去坐東京的電車時，他聽了也好興奮，而且還以為馬上就要去坐了，畢竟他並不知道，那些可是要坐飛機出國才能坐得到的車子呀！當然，他還不懂什麼是「出國」。

從那一刻起，我知道我已變得和以前不同了。我不再只是為了自己而旅行，也不再像以前一樣覺得出國旅行對這樣小的孩子沒有意義。

我想，對於現在的洋洋來說，這樣的電車旅行似乎才是最有意義的，因為他是如此熱愛，因為那就是他的世界。以後也不知道他會不會再如此狂熱，那我們父母就現在陪他一起去作夢吧！

我拋棄了那個在旅行中固執也自私的我，全心為孩子的電車想望來做為這次國外旅行的目標，所有的準備都要用孩子的眼光來看待，甚至比起自己第一次自助旅行還多了很多麻煩和擔心。可我不再覺得這是浪費或是沒有意義，我知道它代表著一種無可言喻的甜蜜負擔和未知。

當旅行的重量因為家人而變得沉重，不再輕盈，雖然得犧牲自我，不過我知道旅行的視野將因為人生而成長，我們不再以單一或重複的眼光凝視著旅行與旅程。

我想起了法國作家普魯斯特曾經說過的，美好的旅程，並不在於尋找新的地方，而是尋找到新的視野。

因為孩子，我們才可能發現：旅行，應該有著以前我們從未見過的許多面貌。

坐飛機前的祈禱

在決定要出國旅行後，雖然我覺得一定沒什麼問題，但老婆開始一直在擔心第一次帶洋洋出國，可能會發生的許多意想不到的狀況，而第一個挑戰，就是「坐飛機」這件事。

洋洋也非常喜愛飛機，從他很小的時候開始，只要他聽到飛機的聲音，就會抬頭望著天上尋找。很神奇的是，他對飛機的聲音和形體都非常敏感，即使是很吵鬧的環境，但是只要有一點飛機的聲音，都可以引起他的注意；不論是多麼不清楚的天空，他都可以找到飛機的位置，有時那個飛機小到幾乎都看不見了，他就是有辦法找到，真厲害。

不過，從喜愛飛機，到要去坐飛機，對他來說總有點抽象，因為那並不像是一般公車或捷運一樣馬上就可以坐到的。洋洋知道飛機很大，因為他去松山機場看過。至於什麼是坐飛機——我不知道對他來說跟坐火車或捷運的差別到底有多大，但是當我跟他提到，我們要坐飛機出去玩的時候，他確實是開心興奮的。於是，從出國的兩個月前開始，只要看到飛機在天空飛，我就會跟他說：「再過不久，我們就可以去坐飛機了喔！」

洋洋第一次坐飛機，雖然去日本的時間不長，但也要兩個多小時。飛機不比火車，還可以在車廂裡走來走去逛大街，而且飛機更加的密閉與狹小，我們很怕孩子在飛機上無聊或是情緒不穩，到時候影響、打擾到別人。

為了預防這些事情發生，我早已先做足了準備。在訂飛機票的時候，我就不會選擇廉價航空，而是選擇一般的航空公司，除了位置比較舒服，另外因為飛機上有餐點的服務、視聽娛樂設備，都可以讓孩子有事忙以打發時間。有東西可以吸引孩子，他自然就不會無聊，對於飛機的適應力也會提高，畢竟我們也不知道洋洋坐飛機會不會有不舒服的情形。

聽朋友說，小孩子坐飛機時，耳鳴的情況會比較明顯，特別是這樣小的小朋友，並不了解耳鳴是怎麼回事，有時會感到特別不舒服，所以在飛機起飛前，如果能讓小朋友吃點糖果、餅乾，讓他咀嚼，有助於這些不舒適的降低。為此，我們特別準備了洋洋最愛的牛奶糖和巧克力，在起飛前，好好地讓他大快朵頤了一番。

做了那麼多準備，無非就是希望洋洋第一次坐飛機，可以順順利利的，不要變成一場讓我們心驚膽戰的回憶。不過，儘管都做足了準備，還有一件事卻更令我們擔心。

洋洋一直有一套自我選擇交通工具的規則與模式。

搭公車或捷運時，他常常會突然不要坐某一些車子，如果硬要他坐，他就會情緒失控。飛機不比一般的交通工具，錯過了就不用坐了，萬一他在飛機的艙門前說：「我不想坐飛機！」那該怎麼辦？

想到這點，就讓人有些擔心。

要出國的前一天，我和他說：「洋洋，明天就要坐飛機去東京了喔，你開不開心？」

沒想到他竟然皺起眉頭來對我說：「我不要坐飛機，我要坐公車換捷運。」

我又說：「坐飛機去東京，可以坐你最喜歡的東京電車耶！」

洋洋一聽，開始哭了起來，大聲地說：「我不要坐飛機！我要坐公車！」

天呀！聽到他這樣說，我簡直快要昏倒了。於是，我不再繼續跟他提坐飛機的事，只希望第二天這些對話可以不用重演，他可以全部忘記。

隔天，我們帶著忐忑不安的心情來到機場，就在洋洋第一次近距離地看到巨大飛機的同時，他雀躍地開心說著話，讓我們終於鬆了一口氣。

他高興地和飛機打招呼，並且一直跟我們說：「我要進去坐飛機。」真是太好了！我們夫妻倆終於放下不安的心情，高興地和他討論著飛機。

上了飛機，我們坐上了已經選好的靠窗位置，等待起飛，他馬上想起了我一直跟他說的，坐飛機可以吃巧克力和牛奶糖，便連忙跟我要來吃。

我們一家三口，聽著飛機引擎渦輪的運轉聲，吃著小點心，在跑道上等待起飛。

終於，飛機飛上了天際，洋洋看著地面上的景物愈來愈小，這是他從未見過的景象。他興奮地大叫著，我們仨第一次的國外探險就要拉開序曲，看在他飛機上怡然自得的樣子，我們知道，好的開始是成功的一半呀！緊張的老婆也終於放下心來，睡著了。

東京電車，四個情人

還沒去東京之前，家裡剛好有一本介紹東京特色電車的書，洋洋一拿到就好喜歡，天天翻著它，甚至熟知裡面的電車名字，常常看著看著，就說「我要去坐荒川都電」、「我要去坐百合海鷗號」。雖然他並不了解出國是什麼意思，但卻對這些台灣沒有看過的電車充滿期待。

通過了坐飛機這項大關卡後，洋洋在飛機上怡然自得，讓我們信心大增。下了飛機，馬上就要搭ＪＲ進東京市，他在書上早就熟識ＪＲ的標誌，一到買票的地方，看到了那個標誌，就興奮地大叫著ＪＲ的名字。接著，當我們要搭的「成田特快Narita Express」來的時候，他一看見那正是在書上介紹到的特急火車，造型很新穎、漂亮，簡直高興得要飛上天了，一直大喊著：

「爸爸，那是超帥的火車嗎？」（因為不會念Narita Express，所以就直接說它是超帥的火車。）

「對呀，那是書裡面有的成田特急車耶！」

洋洋拉著媽媽，一邊興奮地跳著，一邊大叫：「我們要去坐！」

媽媽說：「對呀，我們要去坐超帥的火車，洋洋開不開心？」

「開心！媽媽，我要一直坐一直坐。」

不過，由於從飛機上的興奮到看到電車的興奮，一路以來都沒有停歇，果然才坐上火車沒多久就睡著了。

因為這是一趟為了喜愛電車的洋洋所安排的旅行，所以行程很簡單：每天挑一到兩個有特色的電車路線，坐到飽就對了。

第一天，我們坐上了我自己也很喜歡的東京目前唯一一條路上電車——荒川都電。洋洋一看到原本在書裡的荒川都電出現在自己眼前，又叫又跳，一直喊著它的名字。我們甚至就坐在其中一站的月台上，不斷地看著不同車型的荒川都電來來往往的。

都電的車種很多，洋洋看得樂此不疲，一下子說要坐這輛，一下子說要坐那輛，我想光是在這一條電車路線，我們就可以耗上一整天了。

懷舊的荒川都電真的好迷人，它經過了老東京的一些區域，巷弄和房子都比市區的房子狹小也矮小許多，都電就這樣穿梭在這些區域裡，好像走在時間的軌道上一般，上車的乘客很多都是老人。

我們因為買了一日券，可以隨意地上下車，在這條彷彿回到懷舊東京的電車路線上，第一天，我們和洋洋就享受了好美麗的時光。他整天都好開心，連回旅館的路上都在喊荒川都電的名字。

這是洋洋在東京的第一號情人。

在台灣看東京電車的書時，洋洋最喜愛的是一列叫「百合海鷗號」的電車，這是東京唯一一條高架行走的電車，是為了方便東京市區往返台場、臨海、迪士尼等地方所建的電車。不知是不是因為有點像台北的文湖線，所以當洋洋看到這列電車時就很喜歡，尤其是，電車的標誌是一個海鷗的圖樣，令人印象深刻。

終於到了要去搭百合海鷗號的這一天，我們先到汐留的超高大樓坐了超快速電梯，俯瞰整個東京與台場的美麗景觀。百合海鷗號是有號碼的電車，這點也很吸引洋洋，他會念著它們的車號再搭上車。同樣是無人駕駛的車子，不過，坐在第一列車廂第一排的位置時，東京的百合海鷗號比台北的文湖線更像是在駕駛著電車，我們在台場與臨海地帶自由穿梭著，洋洋看起來好神氣呀！好像真的在開電車一樣。

這是他在東京的第二號情人。

PRO TeCH.
7023

50
ここから

多年前，我就一直想去坐一條往返藤澤與鎌倉之間的懷舊電車——江之電。歷史悠久的江之電，行經湘南海岸已經過了許多歲月。沿著海岸行駛的電車、海邊的衝浪客、重型機車與美麗的湘南海岸，我不知看過多少次江之電行駛在這片熱情畫面的景象；還有，那個少年時我們曾經如此喜愛的《灌籃高手》的許多場景，也都在江之電經過的路途中。

我曾一再錯過江之電，如今卻因為洋洋對電車的喜愛，終於踏上了這條我一直想觸摸的電車路線。當他看電車的書時，對於一列穿上紫色華麗復古衣服的江之電就很感興趣，一直說那是「穿衣服」的電車。

我們站在《灌籃高手》中櫻木與晴子相遇的平交道，看著洋洋所喜愛的穿衣服的電車經過——沒想到，他竟興奮得忍不住想衝過去！我急忙抓住了他。

電車穿過平交道的那一剎那，我甚至以為我看見了櫻木花道在向我招手。

紫色復古的江之電，是洋洋在東京遇見的第三號情人。

相對於復古懷舊的電車，我一直覺得有「外貌協會」眼光的洋洋，對於新穎漂亮的電車更是喜愛。尋著村上春樹《1Q84》裡，青豆在三軒茶屋的足跡，我們帶著孩子，來到了三軒茶屋這裡一條很特別的電車路線。

相較於荒川都電在東京地面上留下的時光拉鏈，這條在三軒茶屋附近的世田谷電車線，就是一條象徵東京新時代在地面上的時髦拉鏈。

漂亮、時髦又多彩的世田谷線，洋洋在看電車書時還沒有特別喜愛，但親眼看到美麗又現代化的繽紛世田谷電車時，他簡直愛死了！甚至愛到根本不想上車，一直坐在月台，看著不同顏色的電車來來去去的。每一列我都問他要不要上去，他都說他不要，好像因為選擇太多，他都太喜愛了，所以不知道要坐哪一輛。我在想，我們要在這裡等到天荒地老嗎？

所幸，後來有一位列車長發現這件事，親切地給了洋洋一個小禮物，他才終於肯上車。世田谷線慢慢行駛著，穿過東京市郊的世田谷住宅區，充滿了一種悠閒的輕鬆感。

這是洋洋在東京的第四號情人。

不過，洋洋並不是所有的電車都買帳。除了這四條他最愛的電車路線之外，有一些地鐵路線他也很愛；但相對地，也有他非常討厭的，例如東京最多人在坐的山手線。

這條電車線，洋洋在台灣時就看過照片，當時他還滿喜歡的。想不到到了東京之後，一看到山手線車廂裡滿滿的人，他就完全不想坐了！後來幾次要坐山手線，他都非常抗拒。問題是，有時不坐根本到不了我們要去的地方。所以，雖然我們總是盡量地配合洋洋，在不同的電車路線裡不停地晃蕩著，但我們還是在東京的一些車站裡，上演了幾次與洋洋之間的拉鋸鬧劇。還好那裡是日本，沒有人認識我們。

回到台灣後，我做了一段簡單的電車旅行影片給洋洋看，每當他看到畫面裡的電車和旅行中我們的照片時，都好開心，一一細數著電車的名字，甚至不喜歡的電車，還有他曾經哭鬧過的電車路線記憶。那是我們一家人為了喜愛電車的洋洋，所凝聚的東京回憶，無法再重來一次，也遠遠超越了我所不知道的，旅行的意義。

夢之鼴鼠

在東京，我們住在東新宿，交通還算便利，每天的行程都是安排不同的特色電車之旅。除了搭特色電車之外，其實主要的交通，幾乎都在坐東京的地下鐵。

東京地下鐵已超過百年歷史，從百年前建設至今，已經有十多條的地鐵線，錯綜複雜，有好多不同的路線，人潮也很多，常常要去一個地方，就必須轉車來轉車去，一般來說，這是我們覺得最無聊、最浪費時間的地方。

但是洋洋可開心得很，對於可以在地底下不斷地換著不同的路線和不同的電車，簡直就是他旅行的最大意義了。

每次只要換一條線或坐上長得不一樣的電車，他就會問：「這是什麼線？」

從銀座線、丸之內線、有樂町線、日比谷線、副都心線到大江戶線等，他都能開心地叫著它們的名字，好像走入那些電車裡，他就在進行一趟趟小旅行一般。所以老實說，只要我們坐上了地鐵，除非我們離開地面是為了要搭另一種電車，否則洋洋根本不想離開地底下，好像這東京的地底下就成了他的遊樂場wonderland一樣。

東京的大江戶線有個別名叫做「夢之鼴鼠」，因為它是東京最新才建的一條地鐵線，在很深的地方。這個別名讓我覺得也好適合洋洋。

有一次，我們坐到銀座線，這是日本第一條、也是亞洲第一條地鐵，從老舊的月台空間裡就可以感覺到它歷史的悠久，雖然月台老舊，可是卻出現了最新型的電車，黃色的電車看起來又新又漂亮。洋洋一向偏好新型的車子，所以好喜歡，一坐上去就根本不想下車了。後來坐其他電車的時候，洋洋都會問：「可以去坐銀座線嗎？」

為了洋洋，我們只能犧牲自己的旅行想望，旅行的時間與意義，也調成和他一樣的模式，我們都成了夢之鼴鼠，在東京的地下鐵中，不斷地穿梭著。

原本在出發前，我們一直在猶豫要不要帶推車，因為有很多媽媽都說一定要帶，不然小孩累了很不方便，當小孩要睡午覺時則很方便。我一度有念頭想帶推車，後來又因為不喜歡多帶累贅的東西打消主意；之後事實證明我是對的，因為對洋洋這樣如此喜愛電車的男孩來說，那些顧慮根本都煙消雲散了。

洋洋就只想一直坐電車而已，他只想當一個開著電車的作夢小鼴鼠，即使累了，他在電車裡想睡了，我們的做法就是直接一直坐下去，沒有目的地，坐到他醒了才換車。

我想，沒有什麼人去東京旅行是和我們一樣的姿態。對很多人來說，這樣的旅行與旅程實在無聊又沒意義吧，就是一直不斷地坐車。我們沒有去一般人會去的觀光景點，我們的旅行風景就只是那一輛輛電車，與一座座車站。

那麼，堆疊在我們腦中的旅行記憶又是什麼呢？以前的我，實在無法想像這樣的旅行目的有何意義？

如今，望著洋洋看到電車、坐著電車滿足的樣子，彷彿那些旅行的意義都不重要了，因為眼前這個我們所愛的孩子，才是我們的旅行意義。

為了他，我拋棄了許多從旅行中所堆疊的自我欲望；為了他，旅行的意義可以只是任何他喜愛的電車。

於是，我們仨的東京電車之旅，是未來式，是進行式，也是過去式。我們的甜蜜記憶都在東京地底下那一列列的電車裡，我們成了幸福的鼴鼠一家人，沒有目的地漫遊著。

寒風中的山手線拉扯

在東京的那段日子裡，洋洋整天沉浸在各式各樣的電車旅行中，非常地陶醉與喜愛，雖然偶爾可以把他騙出地鐵或是電車車廂，不過總是撐不了太久，因為他很快地又想當小鼴鼠，回到地底下。

我們去旅行的那一年，東京發生了五十年來最大的暴風雪，成田機場甚至關閉，但我們運氣很好，因為那都是發生在我們回台灣幾天後的事情了。當我們在東京的時候，天氣都很好，只有一、兩天，讓我們領教到了東京的寒冷——特別是其中一天的晚上。

那天早晨，陽光本來大好，是一個冬陽和煦的早上，我們興高采烈地出門。那天的行程是要去坐百合海鷗號，那是洋洋在台灣就非常想坐的車子。我們過了一個愉快溫暖的早上，不過到下午，天氣突然大變，我們在台場開始被寒風襲擊，雖然有外套，但因為與早上的溫差實在太大，彷彿覺得冷風都要刺到我們的骨頭裡了。

逃離台場後，我們幾乎就躲在地鐵裡了，正合洋洋的意思。不過轉了一些路線後，老婆和我想去有樂町買點東西，沒想到一出地下，就好像颳颱風一樣，陣陣刺骨寒風撲面而來。

洋洋本來無論如何都不要跟我們出去，好不容易把他騙出地鐵後，可能是天氣突然變冷了，他開始大哭了起來，一直說：「我要回去坐電車！我不要出去！」

我們只好拿出巧克力來安撫他，沒想到竟然連心愛的巧克力也完全無法撫慰，他繼續大叫著：「我不要巧克力！我要回去坐電車，我不要出去！」

但我們已經出站了，又不甘心地想買完東西再回去，所以接下來就是一場鬧劇了。天氣很寒冷，洋洋不斷用力哭鬧著，在寒風中和我們拉扯。其實我們只要順著他的意思再回地鐵站就好了，但是欲望卻控制著我們，讓我們非得執行我們的意志不可，結果卻換來了全家人的壞心情與壞脾氣。

兩敗俱傷後，雖然後來老婆和我順利去完成了我們的欲望，但是洋洋的情緒還是不穩定，便草草地結束了購物行程。因為天氣愈來愈冷，我們想趕快離開，看著地鐵圖，如果要回到旅館，坐山手線是最快、最直接的，不需要再轉其他的電車，但是問題來了——來到東京之後，洋洋最討厭的就是山手線。

老婆和我因為想趕快回旅館，只好硬著頭皮想說拚拚看。

沒想到，洋洋一看到山手線，就開始大喊著：「我討厭山手線！我不要山手線！」我們實在沒辦法，只好硬拖著他上車，果然，他在山手線上還是一整個情緒不穩，大哭著要下車。所幸坐的站數不多，我們一邊想挖個地洞跳進去，一邊希望電車光速到達目的地。

等下了山手線之後，終於放下心來了，沒想到天氣竟然變得更冷！從車站到旅館要走將近十分鐘，而這段十分鐘的路程，寒風刺骨，風又大又冷，洋洋的情緒也才剛平復，對我們來說，這段小小的路程變得好漫長，這十分鐘也成了我們來東京最長的一夜了。

回到台灣後，洋洋只要一講到冷，竟都還會想起東京那個寒冷的夜晚。而我們事後回想起來，僅僅是為了一點個人的欲望，最後搞到全家人都情緒低落，孩子的情緒也被整個撩撥起來，硬要他跟著大人妥協，後來還是愚昧地變成兩敗俱傷。這整趟旅程，我們不就是為了孩子的想望與開心而安排的嗎？明知道孩子對交通工具有著無法妥協的個性，卻還硬用石頭砸自己的腳，真的很笨呀！不過這也是旅行的難忘回憶吧。我們只能這樣安慰自己：不經一事，不長一智，我們更要搞清楚，旅行最重要的目的是什麼？

你想坐東京電車鰻魚線嗎？

去東京時，洋洋對於各式各樣的電車都很著迷，一坐上地鐵，想要讓他離開地底下根本困難重重。

有一天，我們打算去赤坂吃一間七十五年歷史的鰻魚飯老店，不過洋洋卻怎麼也不肯出地鐵站。我靈機一動，想到了一個很好笑的方法，沒想到真的有用，不但成功把孩子騙出地鐵站，我們也吃到美味的鰻魚飯。有時做父母的，真是需要用一些小聰明來解決問題。

那天東京的氣溫很低，早上九點出門還只有兩度，雖然有大太陽，但是沒有太陽照到的地方卻好冷。帶洋洋坐上電車、換了兩次車，終於到赤坂我們要去吃七十五年鰻魚飯老店的那一站之後，洋洋卻根本不想出地鐵了，他有點鬧情緒地說想繼續坐電車。我只好想了一個方法。

「洋洋，爸爸跟你說，我們現在要去坐一條叫做鰻魚線的電車。」

孩子本來有點情緒，聽我這麼一說，就問我：「真的嗎？我要坐。」

「可是要坐這條鰻魚線，都一定要先去吃鰻魚飯才可以坐耶！我們先出站去吃鰻魚飯，然後就去坐鰻魚線好不好？」

他想了一會兒，露出了一點笑容說：「好。」

於是，我就用這個瞎掰的電車路線，把洋洋騙出了地鐵站。

出地鐵站後，赤坂千代田線的出口是ＴＢＳ的大樓，好高，在藍天下顯得雄偉，但氣溫還是好低。很快地，我們找到了那間鰻魚飯老店，而且終於走在有太陽的街道，溫暖許多。

這裡除了提供鰻魚飯，還有一些午間定食與便當。而我們一心期待的鰻魚飯真的好貴喔！所以我們先點了分量最小的櫻鰻重，要價就要台幣一千元。

鰻魚飯上桌，盛在華麗的便當盒內，一打開蓋子……哇！上面那油亮亮、剛烤好的鰻魚，實在有夠漂亮，我彷彿可以聽到鰻魚在烤架上翻轉時發出的劈里啪啦聲音。小心翼翼地盛起了鰻魚和飯一起入口，翻騰在口中的滋味是我沒有吃過的感覺，肉質的感覺和香味的確很特別。

雖然我們也點了另一套定食，不過洋洋卻一點也沒興趣，就只是一直要鰻魚來吃，真是有夠識貨的小鬼。這麼貴的鰻魚飯，就這樣一下子被我們幾口吃完了，實在是奢侈。

離開鰻魚餐館，洋洋說要去坐鰻魚線了，看來，他真的明白坐鰻魚線之前要先吃鰻魚飯的意思，我為自己的創意感到好笑，也覺得有趣。

空氣依然冷冽，不過晴空萬里，赤坂附近有很多超高的大樓，在晴空下顯得格外高聳。這天下午，老婆要去shopping，我獨自一人帶洋洋去搭電車旅行。

我們父子倆走下了銀座線赤坂見付站，下一站，鰻魚線。

在愛裡探索新的世界

意識到洋洋有發展遲緩的情況後，在我們、老師和他自己的努力下，他一直在進步著。東京的電車旅行，本來只是單純想獎勵他半年多來的進步，安排一趟他會喜愛的旅行，但在過程中以及回台灣後，我們竟發現了洋洋一些快速進步的現象，這真是我們始料未及的。

在東京坐電車時，因為都是洋洋喜愛的東西，所以他不斷地大量發問，並和我們分享他所看到的。不知是不是因為是他很喜歡的電車，所以一些在台灣沒有聽他講過的句子，在有了這些電車為對象後，竟然就學會了，這實在很神奇！

雖然我無法一一記下在東京時，聽到洋洋在語言上的躍進細節，但我記得很清楚的是，一路上，老婆和我只要聽到在台灣從未聽過他會講的話語，都覺得好開心！雖然只是不斷地坐電車，但是看他都好愉悅，我們也深深地感受到，只要孩子接觸自己所喜愛的東西，就可以去發現、去探索自己的能力，就算是能力不足的地方，都可以藉由他對這個事物的喜愛而去嘗試。

回台灣後，我把一些在東京坐電車旅行的事情寫了下來，也分享到一個發展遲緩與疑似亞斯自閉的網路社團。遇到有家長問「有沒有什麼方法可以讓自己的孩子語言更進步」時，我都會想到旅行，特別是選孩子喜愛的旅行方式。

在台灣，我們因為洋洋喜愛坐捷運、公車，而漫無目的地亂坐亂走，也是希望藉這些他喜愛的事物，來誘發他的語言。

但這些交通工具坐久了，對他的誘因也削弱許多。原本常常坐的捷運，因為車子都很類似，久了之後，他對捷運的喜愛就沒有以前那樣濃烈了。至於公車，因為種類多而且號碼不同，洋洋還是很喜愛。

我想這也是我們帶洋洋去東京坐電車時，他會如此興奮的原因之一。看到的、坐到的電車，都是他從沒見過、從未坐過的，整個引發了他的好奇。

在東京坐電車的時候，他會不斷地分享自己坐的車子，還有看到的東西，每一樣事物對他來說都好新鮮、好特別。當然，他最愛的還是電車的路線，不斷說著等一下又要換哪一輛電車，我們只覺得在東京的旅途中，洋洋幾乎從早到晚都在講話，他說著坐了什麼電車、要去坐什麼電車，就連回飯店後也還在看著地鐵圖，念一些自己坐過的電車名字。

過年時，洋洋回南投外婆家，還是繼續分享他在東京坐電車的事。

阿姨問他：「洋洋是不是有去東京玩？好不好玩？」

他說：「好玩，我們有坐好多電車。」

「那你下次要不要帶阿姨去玩呀？」

「好呀！你要坐銀座線還是丸之內線呢？」

如果繼續問下去，他就會開始回憶細數著那些電車路線，一聽就知道他有多愛那裡的電車，那裡的電車和火車魅力有多大。

看到洋洋去東京坐電車所產生的進步，我笑著說，看來以後有更多出國的理由了。

一直到從東京回來好一陣子了，洋洋還是三不五時就想到那些電車，開始和我討論。

「爸爸，我們去坐百合海鷗號好不好？」

「爸爸，江之電什麼時候要去坐？」

每次聽他開始聊東京電車的時候，不知為什麼，都有一種又掉入時光洞裡的感覺，我彷彿又看到了我們三個人不斷在東京的地鐵裡穿梭著，還有洋洋在電車裡不斷開心說著話的模樣。

想著想著，想到他可以藉由這些喜愛的車子，去描述、去述說更多的東西，就不禁又開始想要著手計畫下一段旅行。

在分享的社團裡，也有家長會面臨到和我們類似的問題，就是小孩很喜歡坐車，但是卻會因為挑車或是車子的問題鬧情緒，而且情緒都會很嚴重，所以他們害怕帶孩子出門。

其實我們也曾面臨這樣的窘境，不過，我們從過程中學習到了很多經驗，也不想剝奪孩子喜愛這些車子的興趣。

我們選擇陪伴，也選擇不斷地尋求在這些問題中找到彼此的平衡點，繼續不斷帶著孩子以他所愛的交通工具旅行，丟掉大人以為正確和想望的世界，試著把心理和眼光擺在和孩子同一個高度，藉由一次次的旅行出走，一次次的公車捷運，甚至不同的交通工具或是國外的電車旅行，和孩子一起用他喜愛世界的角度，跟著孩子一起成長、進步。

後記

活著，就是創造我們的故事

✦

在書寫這些稿子，記錄回憶這些與孩子共處的時光時，常常都會想著，為何我們要書寫？這些書寫對我們來說，到底是什麼意義？那些光點時而隱晦時而清晰地閃爍在我們之間，我時而可以觸摸，時而又覺得它要遠離。

後來我看到了一本小說，小川洋子所寫的《博士熱愛的算式》，內容是描寫一位單親媽媽到一個有數學偏執狂的博士（這位博士可能也是亞斯）家中當管家，這位博士對數學有著異於常人的狂熱，而且他是一個只有短暫記憶的人，他的記憶只有八十分鐘，故事則在描述，管家和她兒子與這位難搞的博士相處的溫暖故事。

其實在看這本小說的時候，我都一直想到自己在寫的東西，這本書看起來像是博士用他的語言來告訴我們數學的美和詩意，但是更美的卻是博士與這對母子之間的感情，他們就像是質數一樣，都是宇宙中最獨一無二的存在，彼此牽引著，彼此又散發著獨特的光芒。我也想到，以質數來形容像洋洋這樣與別人稍微有點不同的孩子，真是再適合也不過了。每個質數都只能被1和他自己整除。那個1和自己，我想很像是他與我們；有些時候別人不了解他，但除了他自己外，我們卻必須是那個「1」，是那個要懂他了解他的人。

後來，在《活著，就是創造自己的故事》這本書中，讀到了小川洋子與日本知名的榮格心理學家河合隼雄的對談內容。兩人針對小說裡的角色和故事，與生命及故事之間相對應，做了精采的對談，更讓人深深地感受到，每一個生命的相遇，不管時間長短，都是獨一無二的美。只有八十分鐘記憶的博士，卻還是可以讓瞬間變成永恆，尤其是與人之間的感情更是。正因為如此，我們更必須站在對方的高度去想事情，因為我們不知道彼此之間的時間軸到底可以有多長，只能更珍惜現在所擁有的。

在書寫我們與孩子的故事時，我看到寶瓶文化的總編亞君在網路上書寫了她與生病的父親之間的事，她以自己一位不存在的女兒為題，書寫著自己與父親之間的回憶，生命與關係，更可以感受到那份親情之間無可取代的緣分與感情，不管時間長久，不管生命的長短，不管發生了什麼事，不管過去現在未來，透過書寫，似乎更看清了自己與父親間的生命旅程。看到亞君寫的文章，總是會讓我想起了，我書寫自己與孩子之間的事。

有一次，亞君在網路上寫著，到底，自己為何要書寫自己與父親間的故事，我想起了《活著，就是創造自己的故事》裡，小川洋子寫到自己為什麼要寫作這件事。她是這麼寫：

我不禁想像，在一個不知名的遙遠城市，在靜靜的診療室內，受了傷，不知所措的人述說著不小心闖入的迷宮景象。獨自一人面對黑暗，不知自己的話語有何意義，只是不斷地述說著。我躲在黑暗深處不停地記錄，為了證明這個世界上的確存在能療癒他人心靈的故事，一字一句仔細地記錄，這就是我寫的小說。

曾經，我是一個孤獨自私的旅人，我書寫著自己旅行的故事，書寫著自己與世界之間的關係，好像其他事都不重要。河合隼雄說，小孩有著打開靈魂出口的力量。有了孩子之後，透過生命的書寫與對話，我才發現自己以前是多麼愚蠢無知，是多麼自以為是，多麼的脆弱；透過書寫，這些和孩子之間的事，好像是宇宙星星的軌跡一般，那是屬於我們的故事光軌。我想起了歐拉算式，虛數i與π飄然來到e的身邊，本來只是有缺憾的半圓，但加上了個1，變成了0，成了一個完整的圓。生命之間的相遇和緣分，就好像這永恆的算式一般，彼此孤單時，什麼都不是，但是邂逅後，卻可以是永恆的圓。

曾看過一部很棒的電影《星際效應》，看似末日與科幻的劇情，但其實在談的卻是愛，這個超越任何形式與時空的事物。如果說人們用科學與數學來建構、來解構這個世界，那這個世界又是因為什麼而存在呢？又是什麼在引領著人們呢？導演用無法以任何科學或數學來計算和預測的LOVE這個字給了一個答案，因為有愛，超越了一切時間、空間、次元，才能帶領我們走向曙光，去了解到底自己為何要活著。

看電影的時候，我不斷想起許多事。記得洋洋快三歲的時候，因為他不太會說話，有時我們彼此之間會造成一些誤解和摩擦，因為我們並不了解彼此真正的想法是什麼。我在想，在那個剎那，我們是否是屬於不同的次元？喜愛古典音樂的他，有時會自己和巴哈、莫札特、韋瓦第等音樂家說話，在那一個瞬間，他是否已經穿越了時間，完成了這件事？

因為洋洋發展的關係，本來就沒有特別想要第二個孩子的我，更加抗拒排斥這件事，很擔心生命的不確定性。然而隨著孩子的成長，看到生命的變化，像是滴水穿石一樣，不斷敲打穿透我頑固的心靈，好像在穿鑿的洞裡看到了沒有見過的星辰軌跡與變化。我不知道是不是因為洋洋的關係，又讓我對生命的不確定性改觀了，期待有另一枚生命之星的願望，悄悄在我們的心中發芽了，我們悄悄地祈禱著；原本對生命不確定的恐懼，好像慢慢地穿過了黑洞，看到了我們所見不到的次元，我們看到了生命的無窮無盡與可能性，也了解到生命正因為未知與不確定，才更體現出它永恆的價值。

十多年前我看了一本書，那是日本諾貝爾文學獎得主大江健三郎寫的《孩子為什麼要上學》，大江健三郎有一個自閉的小孩叫光，因為這個孩子，他寫下了許多和孩子有關的文章與重要的小說。在他的那本書裡，寫著他在一棵大樹下，遇見了一個孩子，那個小孩正是童年的自己，孩子問著他：人為什麼要活著？

十多年前，我其實不知道如果是我，我該怎麼回答童年的自己這個問題，我也不知道那時的我在哪裡。

如今已進入不惑之年的我，雖然還是很迷惑，也懵懂無知，但總覺得人生與生命，就是不斷地朝著回答這樣的問題一直前進著。

我相信活著，就是不斷地創造我們的故事，而且這些生命故事與劇本，正因為充滿未知，與宇宙中的次元平行交錯著，彼此的存在才更顯真實。

國家圖書館預行編目資料

追尋電車男孩的光／蕭裕奇著. --初版. --台北市：寶瓶文化, 2015. 04
面；　公分. --（island：237）
ISBN 978-986-406-007-8（平裝）

855　　104004149

Island 237

追尋電車男孩的光

作者／蕭裕奇

發行人／張寶琴
社長兼總編輯／朱亞君
主編／張純玲・簡伊玲
編輯／丁慧瑋・賴逸娟
美術主編／林慧雯
校對／丁慧瑋・吳美滿・劉素芬・蕭裕奇
企劃副理／蘇靜玲
業務經理／李婉婷
財務主任／歐素琪　業務專員／林裕翔
出版者／寶瓶文化事業股份有限公司
地址／台北市110信義區基隆路一段180號8樓
電話／(02) 27494988　傳真／(02) 27495072
郵政劃撥／19446403　寶瓶文化事業股份有限公司
印刷廠／世和印製企業有限公司
總經銷／大和書報圖書股份有限公司　電話／(02) 89902588
地址／新北市五股工業區五工五路2號　傳真／(02) 22997900
E-mail／aquarius@udngroup.com

法律顧問／理律法律事務所陳長文律師、蔣大中律師
如有破損或裝訂錯誤，請寄回本公司更換
著作完成日期／二〇一四年七月
初版一刷日期／二〇一五年四月
初版二刷日期／二〇一五年四月一日
ISBN／978-986-406-007-8
定價／三〇〇元

愛書人卡

感謝您熱心的為我們填寫，
對您的意見，我們會認真的加以參考，
希望寶瓶文化推出的每一本書，都能得到您的肯定與永遠的支持。

系列：Island 237　**書名：追尋電車男孩的光**

1. 姓名：＿＿＿＿＿＿＿＿　性別：□男　□女
2. 生日：＿＿年＿＿月＿＿日
3. 教育程度：□大學以上　□大學　□專科　□高中、高職　□高中職以下
4. 職業：＿＿＿＿＿＿＿
5. 聯絡地址：＿＿＿＿＿＿＿＿＿＿＿＿＿＿＿＿＿＿＿＿

   聯絡電話：＿＿＿＿＿＿＿＿　手機：＿＿＿＿＿＿＿＿
6. E-mail信箱：＿＿＿＿＿＿＿＿＿＿＿＿＿＿＿＿

   □同意　□不同意　免費獲得寶瓶文化叢書訊息
7. 購買日期：＿＿ 年 ＿＿ 月 ＿＿日
8. 您得知本書的管道：□報紙／雜誌　□電視／電台　□親友介紹　□逛書店　□網路

   □傳單／海報　□廣告　□其他
9. 您在哪裡買到本書：□書店，店名＿＿＿＿＿　□劃撥　□現場活動　□贈書

   □網路購書，網站名稱：＿＿＿＿＿＿　□其他＿＿＿＿＿
10. 對本書的建議：（請填代號　1. 滿意　2. 尚可　3. 再改進，請提供意見）

    內容：＿＿＿＿＿＿＿＿＿＿＿＿

    封面：＿＿＿＿＿＿＿＿＿＿＿＿

    編排：＿＿＿＿＿＿＿＿＿＿＿＿

    其他：＿＿＿＿＿＿＿＿＿＿＿＿

    綜合意見：＿＿＿＿＿＿＿＿＿＿＿＿＿＿＿＿＿＿＿＿＿＿＿＿
11. 希望我們未來出版哪一類的書籍：＿＿＿＿＿＿＿＿＿＿＿＿＿＿＿

讓文字與書寫的聲音大鳴大放

寶瓶文化事業股份有限公司

（請沿此虛線剪下）

寶瓶文化事業股份有限公司 收
110台北市信義區基隆路一段180號8樓
8F,180 KEELUNG RD.,SEC.1,
TAIPEI.(110)TAIWAN R.O.C.

（請沿虛線對折後寄回，或傳真至02-27495072。謝謝）